U0029001
3
笑容崩壞的女高中生與不能露出破綻的我
we can't smile
作 甜咖啡
繪 手刀葉/廢棄物少年

Contents

目錄

第一章　魔女

「——我決定答應妳們的邀請，成為這裡的社團顧問。」

十宮亂鳳的發言，在安靜的教室內微微激起回音。在聽見這句話後，在場的眾人，表情各有變化。

現在的笑容社，說穿了只是擅自占用教室的同好會——但是如果十宮亂鳳願意擔任社團顧問的話，笑容社就能夠成為正式社團，在得到校方的承認之餘，也能得到一定額度的社團經費。

身為社長的凜凜夜，在聽見十宮亂鳳的發言後，雙眼頓時亮了起來。

「啊、您是說願意擔任這間社團的顧問嗎？真是太好了，非常感謝您!!」

雖然在初次拜訪十宮亂鳳時，凜凜夜對於十宮亂鳳隱瞞教師日誌真相的行為頗有微詞；但一直以來，凜凜夜在「成立笑容社」這件事上都具備異樣的執著——那

執著足以壓倒其餘不滿的想法，甚至使此刻的凜凜夜，臉上已經浮現驚喜的笑容。

雖然因為尚未脫離「笑容監獄」的因素、凜凜夜的笑容顯得抽搐扭曲——但十宮亂鳳似乎不以為意，同樣也露出微笑。

「唔呼呼……凜凜夜同學，請放心吧，我既然說出口了，就不會反悔哦。」

如此回覆凜凜夜之後，十宮亂鳳先看看暖暖陽，接著將目光轉向我。

我與十宮亂鳳的視線，在半空中相接。

值得一提的是，十宮亂鳳的眼睛相當獨特。

可謂媚骨天成。

那雙帶著媚態的桃花眼，就好像自己會笑。每一次眼波流轉，都彷彿在撩撥、擦觸他人內心的癢處……僅僅一個眼神，就能使大多數男人心跳加速。

驚人的美貌，加上那幾乎令人無法招架的媚意……可以說，十宮亂鳳渾身上下都在散發雌性特有的魅力。

即使暖暖陽、凜凜夜的外貌也相當出色，但十宮亂鳳的身上，明顯具備某種在青澀的少女身上感受不到的，彷彿成熟果實般的芬芳之意。

像是想探查出什麼似的，十宮亂鳳盯著我看了許久，久到我不禁產生困惑。

終於，她微笑著提出詢問。

「關於我擔任社團顧問這件事，其他人也同意嗎？」

「我沒意見。」

我如此說。先前去保健室找十宮亂鳳，原本就是想請她擔任顧問，所以我當然立刻答應。

「……在下亦認同此事。」

不知火也放下原先在擦拭的竹劍，正色說道。

而不是正式社員的詩音沒有發言權利，她瞪大雙眼望著十宮亂鳳這個陌生的訪客，似乎不太擅長應付大人。

一個接著一個的同意話聲，使成立社團的宿願即將實現的凜凜夜，已經是驚喜交加。

身為社長的她，也在此時順理成章接過話題。

「那麼，十宮老師擔任社團顧問這件事，就這樣決定──」

「──等等、等等!!給我等等!!」

凜凜夜說到一半的話語，被某人急促的聲音打斷。

暖暖陽此時雙頰微紅，有些不安地調整坐姿，似乎感到極為不自在。

「那個……該怎麼說……就是呢……」

一邊吞吞吐吐地說著話，暖暖陽在視線飄開的同時，也用食指不斷捲弄自己的

金髮。

受到眾人注視，又猶豫片刻後，暖暖陽才接續話語。

「那個……雖然十宮亂鳳老師願意擔任顧問……人家是很高興啦……但是那個……該怎麼說？這樣是不是有點不太好？關於那方面的不太好。」

關於那方面的不太好？

我不解其意。

十宮亂鳳也疑惑地挑起秀氣的眉毛，提出詢問。

「……那個，不好意思，請問我有哪裡讓妳不滿意嗎？」

害怕失去顧問的凜凜夜更是雙手抱胸，對暖暖陽發出不爽的抱怨。

「喂！色情脂肪怪，妳不要來搗亂！十宮老師明明都已經答應我們了！」

「我才沒有搗亂！是真的不太好啦!!」

一向與凜凜夜是冤家的暖暖陽，聽見對方的語氣變得激烈，自己忍不住也提高音量。

見狀，凜凜夜更加不滿。她原本坐在暖暖陽身旁，此時霍地站起身，彎腰俯視著她。

「說出這種話，如果沒有充足的理由的話，本小姐絕對不會原諒妳。妳想讓我們失去好不容易才得到的顧問老師嗎！」

「什、什麼呀！區區的發霉海苔居然用這種神氣的口吻說話！還有妳不要把臉湊得這麼近，我看不到前面了啦！」

「那妳倒是說看看有哪裡不太好？說啊！」

一再遭到凜凜夜逼問，暖暖陽慢慢漲紅了臉。

接著，頗有些氣急的她，終於疾聲吐露真相。

「——如果十宮老師加入這間社團的話，身為神之少女的人家，不就會減少價值了嗎!!發霉海苔，難不成妳想讓神變成普通的凡人嗎，太惡毒了，太殘忍了!!」

遭受暖暖陽憤慨的指控，凜凜夜先是一怔，旋即明白真相。

「啊啊……原來如此，本小姐明白了。妳是因為十宮老師的胸部比妳還大，所以才一直囉囉唆唆地發言抱怨，沒錯吧？」

「那、那個——」

就在暖暖陽想要辯解時，凜凜夜沉著臉打斷她說話。

「因為妳總是不停吹噓自己是『腦袋聰明、長相可愛，就連胸部也很大的神之少女』，除了胸大之外就一無是處的妳，才打算阻止十宮老師成為顧問，沒錯吧？」

「嗚……居然說人家一無是處！那、那個——人家不是還有腦袋聰明跟長相可愛這兩個優……」

話到中途，凜凜夜又一次打斷她。

「——論腦袋的話妳沒有我聰明，提起可愛的話妳被身為幼女的詩音海放——也就是說，妳這傢伙就跟自己所想的一樣，根本不配被稱為神之少女。什麼都居於下風的妳，不如改名叫『神輸少女』吧。」

凜凜夜銳利的話語，明顯徹底正中紅心。

至此，暖暖陽已經失去辯解的能力。在聽見「神輸少女」的形容時，更是眼淚已經在眼眶裡滾來滾去。

最後，她終於忍不住在哇哇大哭的同時，在喊叫著含糊不清的句子的同時，一邊往教室外衝刺，藉此逃避現實。

「人、人家才不是神輸少女，才不是啦~~~~~~！！！」

啊、跑得好快。

只過了片刻，暖暖陽的身影就消失在走廊的另外一端。

而造成這一切的始作俑者——凜凜夜社長，則在此時轉身，試圖對十宮亂鳳露出正常的笑容。

「十宮老師，您不用理會那傢伙，請在這邊坐下，我們來商量一下社團正式成立之後的事務吧。」

「……好的。」

即使世故老成的十宮亂鳳，在剛剛旁觀這一場鬧劇之後，也不由得錯愕。

輕拍自己的臉頰重振精神後，她也對凜凜夜報以笑容。

但是，在坐下與凜凜夜商談之前，她不忘側頭看向我，微笑著對我說出某句話。

「二藏同學，你不去追暖暖陽同學嗎？看看她究竟怎麼樣了。女孩子呢，在碰到在意事情的時候，往往內心會比男人預期中還要脆弱哦。」

「啊、嗯嗯。」

我下意識點點頭。

十宮亂鳳的言行，比預期中還要溫柔體貼。或許，她的魔女外號只是謠傳，實際上是個溫柔的好人也說不定？

於是，在沉默的猜測中，我邁步往暖暖陽消失的方向追去。

在頂樓，我找到了暖暖陽。

平復因奔跑而急促的呼吸，我緩緩推開頂樓的鐵門。暖暖陽蹲坐在角落裡沉默不語，她將臉埋在膝彎裡，似乎相當失落。

糟糕，看來她是真的難過。

雖然我不能理解為什麼暖暖陽的反應會如此激烈，但既然她的難過擺在眼前，基於同伴的道義，就得想辦法安慰她才行。

只是，一向與孤獨為伍的我，其實並不擅長安慰人。

所以，哪怕已經立於暖暖陽身前不遠處，我依舊只能望著她，傷腦筋地抓著頭。

得想想辦法……想想說詞才行……

啊、對了。

「小九，我跟你說，不管是什麼樣的人，都渴望受到他人稱讚。所以不要吝於開口讚美他人的優點，這也是能與朋友增進關係的人生祕訣。」

因為八王子前輩人緣一直很好，所以某次我曾經開口請教他交朋友的訣竅，當時他是這麼回答我的。

八王子前輩所說的話，肯定不會有錯。他每一句話都帶有哲理，是不允許被懷疑的名言。

換言之，我必須稱讚暖暖陽的優點才行，而且必須稱讚她會在意的地方。像是「妳的品味真好」之類無關痛癢的話語，恐怕效果也並不大吧。

再聯想到暖暖陽跑出教室的起因，是因為神之少女的地位遭到動搖，在原先得意的領域因挫敗而感到失落。

將以上線索都綜合起來，我現在該吐露的話語，應出口的稱讚，也只剩下那一句話了吧。

先關上頂樓的鐵門後，我走到暖暖陽面前。

聽見腳步聲後，暖暖陽回過頭，與我視線相接。

然後，我道出盤算已久的稱讚話語。

「放心吧，我覺得妳的胸部很大。」

「咦？」

乍聽意料之外的言語，暖暖陽慢慢瞪大雙眼。

從她的態度動搖中，我感受到事件轉變的契機。

也就是說，八王子前輩的教導，果然沒問題!!

於是，我趁勝追擊。

「就算不如十宮亂鳳老師，也還是很大。真的很大，至少在年齡相近的同儕中，我從未見過比妳大的。」

「咦……？啊、那個……」

暖暖陽的言語因驚愕而難以接續，她紅著臉，下意識以雙臂護住自己的胸口。

緩了口氣後，她終於回過神來，能夠理解現實並做出回應。

「那、那個……二藏同學，人家可以理解為你正在性騷擾我嗎？」

「我沒有。」

「是、是這樣嗎？可是你剛剛的發言，怎麼聽怎麼像耶!!就算我過去聽過很多次

『那個女生胸部好大』這樣的竊竊私語，敢當面地這樣騷擾人家的，你還是第一個！第一個喔！」

依舊維持著雙臂護胸的姿勢，暖暖陽的臉越來越紅了。

「就說了我沒有。我只是稱讚妳的優點而已。」

「咦……？是、是這樣嗎……？」

由於我只是遵從八王子前輩的教誨道出這番話，因此我的態度十分冷靜。

而暖暖陽被我冷靜的態度動搖，她似乎在認真思考我的發言究竟是「單純稱讚優點」，又或是「前所未見的超級性騷擾」，到底答案傾向於哪邊。

想到最後，暖暖陽試探性地提出詢問。

「那個……你會那樣發言，該不會是在想辦法安慰人家吧？用剛剛那種笨拙的方式？」

啊、被看穿了嗎？

因為也沒有隱瞞的必要，我沉默著點點頭。

得到肯定的答案後，暖暖陽先是一怔，然後嘴角揚起無法抑制的弧度。

「噗——哈哈哈哈哈哈——你是笨蛋嗎？居然用這種方法安慰女孩子，不會說話也要有個限度！這種想法未免也太奇怪了吧！」

似乎真心覺得我很怪異，暖暖陽一直笑，甚至笑到都流出了眼淚。

被這樣笑，我感到有些顏面無光。這可是八王子前輩給出的建議，理應是正確的道路。

然而，人生本來就是如此，複雜的他人之心，很多時候會導致正確的道路……並非通往正確的終點。一向孤身而行的我，此刻在暖暖陽的笑聲中，更加深刻理解了這點。

不過，暖暖陽的心情總算是變好了。

這時暖暖陽擦去笑出的眼淚，站了起身，倚著欄杆對我發話。

「我說，那個……你就沒有別的詞彙可以稱讚人家了嗎？」

「別的詞彙可以稱讚妳？」

「對，應該有比較正常的詞彙吧。身為神之少女的人家，可是特別允許你可以繼續示範你那貧窮的詞彙哦？」

一邊如此說著，暖暖陽雙手往兩旁一攤。

可惡，這傢伙恢復精神之後馬上就囂張起來了。

假若是平常的話，身為獨行者的我，肯定會拒絕這樣的要求。

可是面對剛從情緒低谷中爬出的人，就算是孤獨、不懂人情世故的我，這時也不忍心拒絕對方的要求。

所以，我只好試探性地吐出腹中的詞彙。

「妳很聰明，長相也很漂亮，穿著打扮的品味也很好。」

「嗯嗯，還有呢？關於內在方面也可以多稱讚一點哦，例如溫柔體貼、善解人意之類的！」

「……」

「為什麼在這種地方二藏同學你要沉默啦！」

「啊、不……那個……」

「也不要露出那種為難的表情！好像人家就只有外表值得稱讚似的！」

在無奈的同時，我只能傷腦筋地抓抓後腦。

在殘弱的夕陽映照中，面對暖暖陽提出的難題，最後還是只能搖頭苦笑。

「二藏同學，話說回來……雖然這麼直白有點不好意思，不過……是不是常常有人覺得你是怪人啊？」

與暖暖陽一起返回社團教室的途中，我被暖暖陽如此詢問。

……我是怪人？

我居然被這傢伙稱為怪人，這種會露出色情漫畫式的崩壞笑容的傢伙。

彷彿被一個乞丐嘲笑貧窮那樣，我打從心底不能接受。

所以，我打從心底、誠實地回覆。

「沒有，我認為自己很正常。」

「是這樣嗎？」

「是的。」

「有正常人會稱讚剛認識不久的女孩子『胸部很大』嗎？」

「呃……那個……」

有那麼一瞬間，我居然無言以對。但八王子前輩的教誨是絕對正確的，那個如同神明般的男人，肯定不會犯錯。

「嘻嘻，人家只是開玩笑的啦。為什麼要露出那麼僵硬的表情？」

暖暖陽靠近我，笑著用手肘頂了頂我的腹部。

大概是身為辣妹的關係，暖暖陽對於話語的尺度也比其他人來得廣。如果是凜夜的話，即使我稱讚她的身材，大概也只會瞪著我露出生氣的表情吧。

只是，在剛剛暖暖陽接近的過程中，因為不習慣與異性產生身體接觸，所以我不禁往另一邊靠去，藉此拉開兩人的距離。

「……咦？」

敏銳地察覺我不擅長接近異性後，暖暖陽反而起了興致。

她像貓一樣露出「ΦωΦ」這樣的頑皮神情。

然後，她將手背在背後，用一種能夠展示身材的姿勢前傾身體，向我側頭看來。

「話說提起胸部……二藏同學，如果我們的關係再好一點的話，說不定讓你揉我的胸部也沒問題哦？」

「!?」

這次我是真的吃驚，忍不住轉頭向暖暖陽看去。

暖暖陽眨了眨眼。

「人家那些朋友，根本就不會介意異性朋友觸碰身體的說。」

啊、是在說糰子、煙燻鮭魚、小動物那些辣妹朋友嗎？果然辣妹對於交友的開放程度，並不是一般人能夠企及。

只是，暖暖陽居然也是這樣嗎？

「哈哈哈哈，剛剛那句也是開玩笑的啦!!怎麼樣、怎麼樣？人家看到你洩漏期待的眼神了哦？」

「——我才沒有洩漏那種眼神!!」

被暖暖陽用揶揄的表情這樣捉弄，我羞恥地憤聲反駁。

……話說回來，會開這種玩笑，是不是代表暖暖陽真的把我當作朋友了呢？

身為獨行者的我，對於朋友的定義，依然是一團在心中曖昧不清的色彩。

我不需要朋友，以此請教八王子前輩，也只是為了不落入人生的陷阱之中——

但是，如果別人單方面將我當成朋友，我該以什麼樣的表情去面對這件事呢？

懷抱這樣矛盾又複雜的心思，在沉默中，我與暖暖陽一起返回了社團教室。

凜凜夜、不知火、詩音，以及十宮亂鳳依然在社團教室裡。她們坐在桌子前，似乎特地在等候我們。

十宮亂鳳此時輕輕拍了拍凜凜夜的背脊，似乎在示意些什麼。

凜凜夜露出彆扭的表情，在說話的同時撇過頭去。

「……色情脂肪怪，本小姐剛剛大概說得有點過分了，不好意思。」

「嗯、嗯嗯！就是這樣，暖暖陽同學、凜凜夜同學，身為同社團的夥伴，妳們要好好相處才行哦。」

而十宮亂鳳則雙手合十，露出溫柔的笑容。

見狀，我有點意外。

性格驕傲的凜凜夜，平常肯定不會道歉。可是，在驕傲的同時也身為優等生的她，大概是無法違背大人話語的那種類型，所以才道出了這番話。

暖暖陽先是一怔，接著她像是自己擅自理解了什麼，露出恍然的神情。然後，暖暖陽露出得意的笑容，雙手無所謂地朝兩旁攤開。

「啊啊……區區的發霉海苔，也終於知道身為神之少女的人家的偉大了嗎？哼，就特別允許妳從明天開始獻上身為僕從的供品吧。」

「——妳這傢伙馬上蹬鼻子上臉！！！！！」

在凜凜夜即將抓狂的同時，十宮亂鳳又出言勸阻。

「……凜凜夜同學？」

「嗚……!!」

凜凜夜低著頭，不說話了。

雖然在某些方面有點遲鈍，但靜觀事態的我，也感到現況變得有些微妙。

在過去，凜凜夜與暖暖陽這兩人只要交談，幾乎就必定產生爭執，這樣的情況，在未來想必會因為十宮亂鳳的出現，而產生改變吧。

凜凜夜雖然表面上尊敬師長，但實際的個人觀感上，多半對十宮亂鳳感到不喜。優等生的矜持與驕傲的性格一旦長期產生衝突，究竟會發生什麼樣的後果，也令人難以預料。

總之，現在的凜凜夜，至少表面上仍舊對十宮亂鳳言聽計從。甚至都願意向死對頭低下頭道歉，這在過去是根本難以想像的。

這時，十宮亂鳳繼續笑著開口。

「話說回來，這間社團還真是熱鬧呢。既有校園內知名的風紀委員長，也有這麼可愛的小朋友在。」

她看向不知火，又看看詩音。

不知火將竹劍平放在膝蓋上，肅容道：「十宮老師，在下之所以存身此地，僅是為了阻止『惡』的滋生與蔓延。一旦將惡的源頭剷除，就不會再有留戀。」

「惡？」

十宮亂鳳一怔，顯然不明白不知火的意思。

「是的，惡。二藏閣下毫無疑問是『惡』的潛在源頭，在下只要找到證據，就會不惜代價斬了他。」

聞言，十宮亂鳳瞇起眼，忍不住失笑。

「哎呀哎呀，是這樣嗎？二藏同學，你可真是受歡迎呢。」

哪裡受歡迎了!!妳沒聽到那傢伙要斬了我嗎！

對於十宮亂鳳的論點，我不禁無言。

而詩音從剛剛開始，就一直站著，躲在我身後。

她露出半張臉，緊張地打量十宮亂鳳，並且對我道出耳語。

「哥哥大人，難道說，那傢伙也是天邪鬼嗎？」

「咦？啊、那個……」

詩音一直覺得社團裡藏著可惡的天邪鬼，直到現在，這個誤會也沒有解開。

……等回到家之後，再好好向詩音解釋吧。

十宮亂鳳看了看詩音，似乎並不是太在意有校外人士的存在。就這點來說，她還挺大方的。

接著，十宮亂鳳一拍手，發聲引導話題。

「好的──既然大家都到齊了，那我們來討論社團成立之後的運作方針吧！還有社規的話，也必須初步建立呢。」

「啊、老師，關於這個，其實我們社團已經有幾條社規了。」

凜凜夜將目前設立的三條社規，告知十宮亂鳳。

「社規其之一──使用共犯代號區別彼此。」

「社規其之二──社員之間禁止戀愛。」

「社規其之三──賭上一切追求笑容。」

十宮亂鳳在聽完後，用手指抵著自己的下巴，露出思考的模樣。

「……這樣啊，話說回來，你們的『二藏』、『凜凜夜』、『暖暖陽』也都是代號呢。那身為老師的我，也應該取個代號才是。」

像是為了尋找靈感，她轉頭詢問不知火。

「不知火同學，妳的共犯代號是什麼呢？」

「橡皮筋武士。」

明明是很難聽的代號，但不知火卻一臉淡然，大概她根本不在意這樣的話題吧。

「老師，日後若是為了追求笑容，而特意設計某些社團活動時，請不要將在下列入其中……因為在下是不能笑的，如剛剛所聲明，來到此地，僅僅是為了斬除邪惡。」

「……這樣啊。」

十宮亂鳳又是一愣。

大概對於性格怪異的不知火，她感到難以理解吧。

話說回來，她自然是難以理解。根本不會有正常人動不動就提劍砍人好嗎！

在這時候，詩音終於鼓起勇氣從我背後走出。

她有點畏懼地望著十宮亂鳳，但還是勇敢地把話說完。

「詩音的共犯代號是『美幼女偵探』。為了守護哥哥大人不被天邪鬼所侵襲，因此來到這裡！」

「……妳這傢伙還真是擅作主張啊。妳根本不是這間社團的社員吧？」

凜凜夜雙手抱胸，如此吐槽自己取共犯代號的詩音。

「好可愛、好可愛、好可愛！有什麼關係！反正很可愛，就當作她是社員嘛！人家覺得完全沒問題!!」

而暖暖陽則雙眼放光，像看見腐肉的禿鷹那樣，用渴求的眼神再次盯上了詩音。

被眾人注視，詩音反過來環顧眾人，不知為何，她看向眾人的眼神有點敵意。

「……順帶一提，詩音與哥哥大人沒有實際上的血緣關係。所以詩音是不會把哥哥大人讓給妳們的，詩音的夢想就是嫁給哥哥大人，絕對不會被任何人阻擾！」

「「「咦……？」」」

詩音如此信誓旦旦地宣示，讓在場的其他人都露出遲疑的表情。

而不知火原本平放在腿上的竹劍，已經消失不見。

「——不知火流奧義．鳳翔天鳴斬!!」

在我意識到黑影掃來並趕緊低頭的瞬間，危險的劍壓已經從原本的頭頂呼嘯而過。

「嗚啊!!好危險!!妳想殺了我嗎!?」

「二藏閣下，剛剛那毫無疑問就是你身為『惡』的證據吧！居然對年齡尚小的幼女如此催眠洗腦，灌輸她錯誤的理念，這是無須多言，必須立即斬於劍下的邪惡!!」

「我才沒有催眠洗腦，也沒有灌輸錯誤的理念!!」

花費好一番功夫，暴走的不知火才終於冷靜下來。

我到底招誰惹誰了啊……我不禁仰天無語。

在旁邊觀察局面的十宮亂鳳，在這時候笑了。

「二藏同學，你真的很受女孩子歡迎呢。」

「……呃，被竹劍砍如果也算受歡迎的話，那我寧可單身一輩子。」

「……呵呵。」

十宮亂鳳也不反駁，笑著看了看眾人，才接續話語。

「我可沒有撒謊。舉個例子來說，在這裡……有很多人是因為二藏同學你，才聚集起來的呢。」

在說話的同時，十宮亂鳳忽然看向凜凜夜。

凜凜夜聞言，在對上她視線的同時，不知道為什麼忽然迴避開視線。

十宮亂鳳又看向暖暖陽。

暖暖陽不知為何，也似乎有點心虛地轉過頭。

見狀，十宮亂鳳臉上的笑意慢慢加深。

然後，她做出結論。

「……這樣啊、是這樣啊。我明白了哦？我……在這間社團應該取的代號。」

雖然語聲輕柔，但十宮亂鳳的語意卻相當堅決。

「魔女。」

魔女？

「老師我的外號……就決定叫做『魔女』了。嘻嘻，魔女呢，是具備很多傳說色彩的一群人哦，很有趣吧。」

眾人你看看我，我看看你，都不明白十宮亂鳳所謂「有趣」的實際意思。

十宮亂鳳將手肘撐在桌上，以雙手手掌托著自己的下巴。

「……傳說中呢，魔女有好有壞。」

她在說話的同時也凝視著我，那一雙桃花眼，似乎在閃動著某種光芒。

「好的魔女即使隱居山林，依然會施展魔法，或調製魔藥，替困苦的人民帶來希望，伸出馳援之手。」

話說到這，十宮亂鳳臉上的笑意更深了。

「而壞的魔女呢，則會僅憑一己好惡……為了剷除眼中釘、肉中刺，會不擇手段。哪怕付出再大的代價，亦在所不惜。」

因為手肘撐在桌上的動作，十宮亂鳳的手臂變成向內夾的姿勢。

也因為這個動作，她藏於白色襯衫下、原本就極為豐滿的雙峰，被擠壓得更加明顯，幾乎要將胸前的鈕釦撐爆崩開。

然後，笑吟吟的十宮亂鳳，朝我道出最後的問語。

「嘻嘻，二藏同學……如果我真的是魔女的話，你覺得我是哪一種類型呢？」

對於並不熟悉的對象，我當然不可能惡言以對。

於是，我回答了前者。

十宮亂鳳聞言，對於這樣的答案，再次笑了。

那笑容裡，滿是此時的我……無法理解的微妙情緒。

第二章　百萬千穗理

「情報筆記」更新了。

●本名&代號：十宮亂鳳、魔女。
●很漂亮，這個人的美貌程度，即使成為模特兒，身材容貌也是最頂尖優秀的那一群吧。
●目測165公分左右。
●體重不明。
●胸部比暖暖陽還大。
●被稱為「喜新厭舊的魔女」，名聲並不好，似乎有勾引男性的壞習慣。
●好像沒有朋友。

●不知道為什麼，忽然回心轉意決定加入笑容社成為顧問。
●胸部真的很大。
●在笑的時候，眼神深處似乎並不帶笑意。
●笑容崩壞程度：？？

當晚寫完情報筆記後，我早早就寢，第二天也醒得很早。

在天剛濛濛亮的時候，於鳥雀的喧鬧聲中，我握著竹劍，赤裸上身在院子裡進行晨練。

雖然家裡十分老舊，連通往院子的木製階梯也早已陳蛀不堪，但只要庭院中有足夠的空間，再立起一個裹著布包的木樁，就能做出簡易的訓練道場。

上次持單劍差點輸給不知火，這件事在我的心中引燃警兆。

孤獨者，如果身負名為「弱小」的悲哀，就註定遭受帶有惡意的群體欺凌，就此失去自我。

即使在我並不算漫長的人生中，也有這樣的前例可循——曾經，在中學一年級的時候，因為不善與他人交際，我差點成為被霸凌的對象。

那時，班上的幾個混混，想要欺負在角落始終默默不語的我。

他們欺負他人的心思與用意，可以說是淺顯易懂。

卑劣的弱者，往往會露出撕咬落單者的利齒，藉此提升、鞏固自身在群體中的地位。

當時被包圍的我，直接單手叉起帶頭混混的脖子，將其扔到遠處，摔得久久爬不起身。其餘混混嚇壞了，在我的注視中，紛紛掉頭逃跑，甚至忘了扶起他們的老大。

換句話說，體現自身強大的行為，是嚇阻這種人的唯一途徑。

因為孤獨，所以求助無門。與其乞求上天垂憐的運氣，不如強大自身，讓自己抵達圓滿的人生之境，從此再無破綻。

所以，在上學之前揮三百次劍，這是我最近給自己新加的課題。

今天詩音似乎沒有送報紙的工作，於是她在起床後，做好早餐等著我。

坐在木製階梯上，詩音默默望著我揮劍。

她就這樣看了二十分鐘。

「……哥哥大人。」

當我揮完劍，正在擦汗的時候，詩音忽然出聲喚我。

「怎麼了嗎？」

「沒有，詩音只是在想，最近哥哥大人身邊的野女人好像越來越多了。」

「呃……」

大概是把十宮亂鳳也算入了野女人的行列，年幼的詩音，想法依舊飛揚跳脫。

而且，直到現在她還是認為社團裡有天邪鬼偽裝的人類。

我不知道該怎麼解釋，因此每次都只能苦笑帶過。

詩音見我無言，又繼續發話。

「不過，最近哥哥大人也有些變了呢。」

「……我變了？」

詩音的發言讓我一怔。

詩音點頭。

「有時候，哥哥大人望著空處，會默默露出像殭屍一樣的奇怪微笑。好像在學校過得很開心的樣子。」

無視了像殭屍的奇怪微笑這點。我本來就無法露出真正的笑容。

只是，在學校過得很開心？我嗎？

我在學校，最近相處的都是這些傢伙：一個蠻橫陰沉的超級大小姐、一個自稱神之少女的色情辣妹，還有一個隨時會打著誅惡的名義向我砍過來的奇怪武士……現在又多了一個總是皮笑眼不笑的社團顧問。

與這些問題人物相處，我每天都煩惱得不得了，甚至必須因此去請教八王子前輩。

可是，如果我真的因此想要發笑的話，或許這也代表著，我原本堅持的孤獨者之道，正在產生如漣漪般的微小變化吧。

我想要藉著彌補不能笑的缺陷，藉此完美自身的人生道路。

可是，如果又因此在情感上露出破綻的話，這事又該怎麼算呢？

「……唉。」

嘆了口氣後，我收起竹劍，然後穿上衣服。

進入室內與詩音一起吃完早餐後，懷抱著未曾褪去的複雜心思，我踏出家門，前往上學的道路。

詩音就讀的P小學，其實與P高中相距不遠，以家裡為中心出發的話，兩人的上學道路，其實有很長一段路都是重疊的。

如果兩人都沒事的話，我們常常會一起走路上學。

離開家中所在的社區後，我們在種滿木棉樹的人行道上走了一段路，接著碰見火車即將通過的鐵道，於是在警笛不斷鳴起的鐵軌柵欄前面停下。

伴隨著火車行駛的隆隆聲響，我們耐心地等待柵欄再次升起。

在火車通過後，眼前的視線豁然開朗。

就在這時，我忽然看見，在對面鐵軌的行人等候處，有一個嬌小迷你的身影，正在對詩音使勁揮手，並發出開心的吶喊。

「詩音內～～詩音內～～看這邊，咱在這裡哦，在這裡！」

定睛看去後，我不禁一怔。

正在對面吶喊的，是一名幼女。

準確來形容的話，是一名奇裝異服的幼女。

她看上去大約八、九歲，身高只有一百三十公分左右。桃紅色的頭髮束成飄逸的大單馬尾，穿著很像動漫展裡Ｃｏｓｐｌａｙ用的、露出度很高的魅魔服，甚至還帶著紙板做的大鐮刀。

之所以會說露出度高，是因為那套魅魔服，只用布料極少的小可愛遮住了胸口，迷你裙短到差點無法遮蔽大腿。肚子以及腿部各處，都暴露在他人的視線中。

更引人注目的是，她的肚臍部位有個意義不明的印紋。有點像動畫裡使魔與主人立下契約會有的圖案，不過為什麼是在腹部呢？

而且，或許是配戴了某種特殊的隱形眼鏡，她的瞳孔是愛心的形狀。

……是在Ｃｏｓｐｌａｙ魅魔嗎？

我轉頭詢問詩音。

「對面那位，是妳的朋友嗎？」

有鑑於對方的熱情招呼，我原本猜測對方應該是詩音的熟人——但目光向詩音投去後，卻發現她面無表情地望著空處，她考慮片刻後，才用生硬的語氣回覆。

「……不，詩音不認識對面那傢伙。一點也不認識，不如說永遠也不想認識。」

詩音居然用「那傢伙」來稱呼對面那女孩。從稱謂與態度，我意識到詩音對於對方的不喜。

雖然詩音的音量並不高，可是雙方也只隔著一條正在升起柵欄的鐵道而已，所以對面的幼女也聽見了詩音的說話。

「啊、啊啊——!!詩音內又來了，明明已經與咱立下了結婚的契約，卻還是這麼無情嗎？這麼無情的話就算是咱也會難過哦，超級難過的喔!!」

遭到詩音的言語觸動神經，對面用「咱」自稱的幼女，以激憤喊聲如此發言。

而聽到「結婚」兩字，詩音也憤然喊了回去。

「少胡說八道了!!詩音將來可是要跟哥哥大人結婚的，誰要跟妳這傢伙結婚啊!!」

在說話間，柵欄已經升起到可以通行的高度，對面的幼女立刻撲了過來。

然後她抱住了詩音，用臉頰拚命往詩音的臉頰上蹭，一邊露出滿足的笑容。

「欸嘿嘿……詩音內果然是神、是天使！詩音身上的味道好棒，詩音內還沒有發育的小小胸部也好棒，詩音內的一切都好棒！今天咱的詩音內能量也獲得補充了哦！」

「放、放開我！」

詩音不斷掙扎，但對方卻越抱越緊。

正當我在考慮將對方拉開的時候，穿著魅魔裝的幼女卻忽然注意到了我。

「……大叔，汝是誰？怎麼跟咱的詩音內走在一起？」

聽到她的稱呼，我不禁愣住。身為高中生，甚至都還沒有成年的我，居然被叫做「大叔」？

而無法掙脫的詩音，在這時開口向我求救。

「哥哥大人、救救我！快把這傢伙趕走!!」

魅魔幼女聞言，吃了一驚。

「——啊!!詩音內稱呼汝為『哥哥大人』！汝就是那個傳說中的惡魔嗎——!?引誘像女神一樣莊重聖潔的詩音內墮落的魔鬼！」

趁著對方吃驚的空隙，詩音掙脫對方的懷抱，跑到我背後躲起來。

而魅魔幼女得知我是詩音的哥哥後，變得滿臉敵意。

她將紙板做的鐮刀橫在身前，做出迎敵的架式，然後露出虎牙，做出一點也不可怕的威脅表情。

「——聽好了，咱的名諱是百萬千穗理，是魅魔一族僅存的兩名成員之一。身為

魅魔的咱，必須每天吸取喜歡的人的精氣才能存活，而詩音內就是能賦予咱精氣的命中之人，也是咱最喜歡的人！」

自稱百萬千穗里的幼女，用她的愛心眸死盯著我不放。

「——平常品學兼優、言行端莊、對誰都不假以辭色，像女神一樣的詩音內，只有在提到汝這傢伙時會露出『像凡人一樣的軟弱表情』！因此毫無疑問，試圖勾引神明墮落的你，就是最大最邪惡的惡魔!!詩音內就連提起咱的時候，都沒有露出過那種渴望的神情，所以除了汝是惡魔之外，沒有第二種解釋!!臭魔鬼，居然引誘咱家的詩音內，咱不會原諒汝，絕對不會原諒汝!!」

像機關槍一樣拚命說完一大段話後，百萬千穗理居然連氣都不喘。

……好聒譟。

就某種方面來說，能這樣說話也是一種才能吧。

只是，雖然被百萬千穗理確確實實的敵視了，但因為她的體型迷你，再加上長相極為可愛，實在很難認真面對她的威脅。

所以，我只好用對小孩子說話的勸誘語氣，試圖解開誤會。

「那個……我不是惡魔哦?真的不是，相信我。」

聞言，百萬千穗理挑起眉毛。

「少用這種對小孩子說話的語氣試圖誤導咱！咱可是明察夏毫的！絕對不會被惡

魔欺騙！」

「呃……那句成語是明察秋毫。」

「吵……吵死了!!在魅魔的世界裡，那句成語就叫做明察夏毫！能夠去海邊玩的夏天，怎麼看都比葉子快要掉光的秋天厲害吧!!」

對於百萬千穗理對於「厲害」的理解方式，我居然無言以對。

在我沉默的同時，百萬千穗理倒轉紙鐮刀，用握柄的部位向我指來。

「那好，大叔，咱就給汝一個機會。只要汝能夠答對咱一個問題，咱就承認汝不是惡魔。」

「答對妳一個問題？」

「沒錯，咱身為魅魔，能夠賦予名為『言靈』的力量在話語之中，並且透過問題來鑑別對方的善與惡！」

「呃……」

我很難相信對方真的是魅魔……不過，既然有問題，聽聽也無妨。

接著，百萬千穗理發問。

「提問！咱的名字是什麼？」

「呃……」

之前她就已經自報過姓名，自稱百萬千穗理。

「百萬千穗理？」

「那是咱的全名！吾是問名字，去掉姓氏後，咱的名字是什麼？」

按理來說，姓氏是百萬的話，名字就是千穗理。

於是我道出心中所想。

「千穗理？」

我原本以為這個答案十拿九穩……可是，就在答案出口的瞬間，魅魔幼女卻用左手食指指向我，誇張地大叫起來。

「啊——汝果然是惡魔!!咱的姓氏是『百萬千穗』，單名一個『理』字哦！只有像女神一樣的詩音內，能在第一次見面就叫對了咱的名字。咱討厭汝，果然除了詩音內之外的人都是無法通過試煉的大笨蛋!!詩音內是最棒的，是世界上一級棒的！」

雖然叫錯名字確實也有我的不對……不過，對方的反應未免也太大了吧。

藏在我背後的詩音，在這時悶悶不樂地發話。

「……哥哥大人，請不要理會這傢伙，這個自稱魅魔的傢伙是個笨蛋。在今年初轉學到P小學後，因為只有人家第一次就叫對她的名字，她露出感動的表情嚷嚷著『啊——!!汝一定就是咱等待多年的女神大人——是咱必須訂立肉體契約的結婚對象!!』，然後從此瘋狂糾纏我。好煩，真的超煩。」

似乎都被糾纏出了陰影，像是往事不堪回首那樣，詩音甚至都露出了死魚眼。

在這時候，我又想起某件事，於是詢問詩音。

「話說回來，她為什麼一直喊妳『詩音內』？那個內是什麼意思。」

「哥哥大人，請原諒詩音的無禮，但因為理由太噁心了，所以人家不想說。」

「——居然說噁心，詩音內太過分了!!就算汝這樣撇清，也無法掩飾那個『內』是『內人』的意思喔!!」

內人，也就是妻子的意思。

也就是說，百萬千穗理從稱呼上，把詩音當成自己的妻子看待。

嗚哇，這傢伙……

如果這傢伙不是長相可愛的幼女，只是單純的同齡小男生的話，這種行為就能稱得上是噁心的變態。

而且，百萬千穗理現在也確實露出了陶醉的表情，她以單手捧著臉，似乎在幻想著某些事。

「哎呀哎呀……真是的，詩音內真是無情呢。汝不是曾與咱在體育器材室發生了『這樣』、『那樣』的事嗎——就算是現在，咱也記憶猶新唷！那時採用的還是咱在上面的體位哦？在肉體產生交流後就乾脆地拋棄咱……這樣是不可以的，絕對不可以哦!!」

在百萬千穗理的幻想中，似乎與詩音在密閉的體育器材室裡，與詩音兩人發生了某些事。

啊、彷彿都能看見這傢伙的頭上，開始冒出帶著幻想內容的泡泡框了。

「給我停止妳噁心的幻想，那時只不過是兩個人不小心一起跌倒在用來跳高的軟墊上而已吧!!」

聽到詩音的反駁，百萬千穗理反而雙眼放光。

「──沒錯，咱與詩音內的肉體契約，也就是從那一刻開始成立了。」

「嗚啊……哥哥大人，這笨蛋沒救了！我們快走吧，不要理這傢伙!!」

「啊──!!居然這樣嫌棄咱，詩音內好無情，超級無情的！咱真的會難過哦？超級難過的哦？」

百萬千穗理持續發出聒譟的大喊聲，那元氣滿滿的模樣，讓我看了不禁無語。

也就是說，詩音只不過是叫對了這個魅魔幼女的名字，對方的好感度就「唰」一下直接漲到滿百嗎？妳到底被叫錯過多少次名字啊？

從百萬千穗理跑到鐵軌的這一邊開始，因為我們始終停留在原地交談，所以阻攔行人的柵欄又慢慢放了下來，下一班火車即將通過。

已經錯過了前進的最好時機，我們只好耐心地等待柵欄再次升起。

「大叔，你露出那種懷疑的表情，是不是在想『這個充滿魅力的美麗女孩不過是被詩音內叫對了名字，為什麼會這麼高興？』，咱都看穿了哦，美貌又聰明的咱都輕易看穿了哦！」

如果撇除美麗與魅力這些多餘部分的話，確實我有這樣想過，這傢伙該不會意外地敏銳？

「正確稱呼魅魔的名字，是魅魔一族訂立契約最重要、且不可或缺的條約。只有付出真心的人，值得與咱共度一生的人，才能從咱那帶有言靈力量的姓名中，一次性叫對咱的名字。」

言靈嗎……越聽越像是自顧自添加的設定。

因為在等待火車通過，所以我與詩音也只好無奈地站著聽對方繼續說話。

大概是終於忍受不了，詩音沉著臉開始反擊。

「喂，不要來破壞詩音與哥哥大人難得的獨處時光，妳這傢伙去左邊那棵行道樹下等火車通過!!」

「不要，不如叫這個大叔走開，咱也想跟詩音內獨處啊！」

魅魔幼女一口回絕。

詩音則繼續追擊。

「詩音早已經說了，詩音以後是要跟哥哥大人結婚的，所以不要來糾纏我了。」

「咱聽說了，正因為詩音內被這個大叔、這個惡魔蠱惑了，所以咱今天特地來拯救妳了哦。」

「不需要!!」

「詩音內，聽咱說。男人都是變態，都是僅供性慾驅使的世界最底層生物。咱有個同樣身為魅魔一族的姊姊，原本是個冷靜又沉穩的好魅魔，但是喜歡上男人之後，就變得不像原本的自己了。即使是睡覺時也喊著『柳天雲』，喊著那個男人對自己的好，對那個男人死心塌地——但那個男人其實是個花心鬼，其實根本不只一個女朋友！像咱就曾經親眼目睹，他帶著好幾個漂亮女人走進一棟大房子，似乎與那些女人正在同居！最可怕的是，咱的姊姊居然對此並不在意，心甘情願地與那些女人共享同一個男人。」

在說話時，百萬千穗理的表情變得嚴肅，語氣也不像之前那樣飄忽輕鬧。

大概，這些是她真正的內心話吧。

「咱的姊姊，長得很漂亮，胸部也很大，繪畫的才能也不在咱之下，是個不可多得的優秀魅魔。可是，在認識男人之後，心思就被勾引走了，忘記了魅魔一族尋找『命中註定的契約者』的宿命。」

百萬千穗理繼續說了下去。

「為了完成魅魔一族悲壯的宿命，咱從未忘記自己該背負的任務。為了追求詩音內，甚至都把對詩音內的愛意做成了貼紙，貼在自己的肚臍上提醒自己。」

聽到這裡，我忍不住向百萬千穗理的肚臍看去。原來那個繪著愛心的詭異圖案，是自認為愛意的貼紙嗎？

言語及此，百萬千穗理的表情變得嚴肅。

而這時候，下一班火車也終於從鐵軌上經過。

火車路經時帶起的勁風，與震耳的「隆隆」聲響中，百萬千穗理拚命扯開喉嚨，以雙腳站成大字形的囂張站姿，指著我提出宣戰。

「——所以，惡魔大叔，咱是絕對不會把詩音內讓給汝的!!詩音內是咱的老婆，是咱預備進行肉體契約的對象，咱絕對——絕對會在爭奪詩音內的這場戰爭中獲得勝利，絕對不會輸給汝這樣單純貪圖幼女肉體的變態大叔!!」

說話時，百萬千穗理的愛心眸閃動著認真的光芒。她的表情與她的站姿，因下定決心而顯得凜凜生威。

在這個天氣晴朗的早晨，百萬千穗理氣勢十足的宣戰發言，與火車隆隆作響的聲調混合在了一起。

那因混調而複雜的聲響，因百萬千穗理驚人的魄力，彷彿在耳邊迴響不絕。

稍微繞了點路，經過P小學後，我與詩音以及百萬千穗理告別。

在小學門口停留片刻，我望著兩人的背影漸漸遠去。在走路時，她們一個拚命貼向對方，而另一個用手拚命推開對方蹭向自己的臉頰，這特有的相處模式，令人不禁無語。

「自認為是魅魔嗎……世上還真多怪人啊。」

居然有人可能比笑容社裡那些傢伙還怪，這種奇事，真是讓人大開眼界。

不過，居然莫名其妙被一個幼女敵視了啊……而且還被指著臉面宣戰了。

這種滑稽的情況，使我不禁搖頭露出苦笑。

「算了，去學校吧。」

在晴朗的晨光下，我往P高中繼續前行。

第三章　此身，即為劍

即使在上學途中有所耽擱，因為今天醒得很早的緣故，在走進P高中校園後，距離正式上課也還有一段時間。

偌大的校園裡，此時雖然人煙稀疏，但在不久之後，肯定會被睡眼惺忪的學生們占滿吧。

如此心想的同時，我在校園裡隨意閒逛，藉此消磨時間。

途經操場與各棟教學大樓，在走過校園裡的東北角時，忽然我聽見了熟悉的聲音。

是竹劍揮砍時，破開空氣的聲音。就像早上我在訓練時一樣，也有人在進行規律平穩的空揮練習。

揮劍的聲音，從前方一座嶄新的木製道場裡傳來。那裡似乎是某個社團的活動場地。

……是劍道社的成員嗎？

我回憶了一下，我們學校好像沒有劍道社。

出於好奇，我走到道場的牆邊，從窗戶看了進去。

方形的室內道場空間，橙黃的木質地面，以及陳列於兩旁置著長弓與箭矢的木架。道場的院子遠處，帶有三個附紅心的標靶。

從陳設來推測，這裡似乎是弓道社的社團道場。

只是，現在位於道場中心，正在揮灑汗水努力晨練的人，確實也是拿著竹劍正在一次次空揮。

我向那人看去。

那是一名少女。

一名長相清秀的少女。

而且，對方是我認識的人。

不知火綾乃。她穿著潔白的道服上衣，與藍色道服褲，腰際則綁著紅色繩子。

不知火綾乃揮劍的姿勢顯然經過名家指導，每一次出劍都分毫不差，劃出優美的軌跡。那是已經將劍道刻劃在肌肉的記憶之內，佐以數百、數千次的對敵廝殺經驗，最後將其銘顯於姿態的，入神之劍。

唯有將全身心都投入劍道之中的劍士，才能夠揮出那樣含帶神韻，足以斬斷對方戰意的劍。

如果劍道實力在三段以下的話，恐怕連不知火的一劍都接不住吧。

「四百九十七……四百九十八……四百九十九……五百！」

做完揮劍練習後，不知火拄劍於地，有些疲憊地呼呼喘氣。

休息片刻後，不知火轉頭向這邊看來，恰好與我視線相對。

啊、被發現了。

不知火板起臉，說出今天的第一句話。

「……二藏閣下，就算你打算趁著人煙稀少的時候襲擊在下，試圖做出非法之事，也無法如願以償的。」

「我才不會做出那種事勒!!」

——不知火這傢伙，到底對我有多深的誤會啊。

於道場中，我與不知火面對面，採取正坐的姿勢坐下。

不知火將竹劍平放在腿上，這似乎是她的習慣性動作。是因為可以帶來安全感

嗎？

不知火率先發言。

「想必，二藏閣下會感到疑惑，這裡明明是弓道場，為何在下卻在這裡練劍。」

「呃，是有這麼想過……」

「其實是因為P高中沒有劍道社，在下只好借用這裡的場地進行練習。這可是經過弓道社社長同意的行為，合乎一切校規與社會規範。」

為了向我聲明她是個守規矩的人，不知火才會特地以這樣的方式打開話題，並向我解釋吧。

只能說，不愧是風紀委員長啊……

不過，正因為她解釋了，我的內心不禁產生另一個疑惑。

因為，為了完善情報筆記，我曾經向學校裡某些人打聽不知火綾乃這個人。

——除了身為風紀委員長、如同鬼一般嚴厲的事蹟之外，她還有另一個有名的傳聞。

那就是，她是不知火劍道場，場主的獨生女。

只要有在習練劍道的人，勢必都對「不知火道場」的大名耳聞已久，哪怕是我這種自己琢磨練劍的野路子也不例外。

就像埃及的金字塔一樣有名、具有標誌性意義。在國內，不知火劍道場就是具有這樣的身分與地位。

因為不知火道場的場主兼任大師範，是那個外號為「誅惡劍鬼」的絕世凶神。這個全名為「不知火狂炎」的男人，從小就被譽為百年一見的天才，以閃電般的速度崛起，橫掃整個劍道界從未遇過敵手，以前無古人的速度，坐上了劍道九段的位置。

他的強大，揮劍速度之快，就連現代的錄影儀器都幾乎無法捕捉。哪怕錄下來之後放慢十倍，那揮劍的速度依舊快到肉眼看不清。據說他能夠以真劍斬斷巨石，雖然不知傳聞真假，但這個男人的實力，哪怕只有傳聞一半強大，也是常人無法企及的強大劍客。

如果生於禁刀令仍未頒布的古代——於刀劍盛行、群雄割據的亂世中，想必這個男人，就會成為享譽千古的大劍豪吧。

然而，在現代，刀與劍已經不是衡量實力的途徑。情與理，人脈與智慧，取代野獸般的武力，成為人類社會中暢行無阻的通行力量。

正因為如此，自負於實力，又脾氣暴躁的劍鬼，才遲遲無法受到其餘劍道名宿的認可……無法升上劍道十段，被冠以「劍聖」的美稱。

雖然我無法理解，這個男人對於「劍聖」名號為何如此固執……可是，他對於追求「劍聖」名號的事蹟，卻一再映入眼簾。

幾個月前，曾有這樣的新聞登上報紙版面。

不知火狂炎又一次為了求得劍聖之名，在眾多劍道九段的名宿舉辦一年一度的道場茶會時，他提著竹劍上門，襲擊了所有劍道名宿。

說是襲擊，但他依然遵守規矩，將竹劍扔給了所有對手。

然後以一敵多，將所有人打得鼻青臉腫，最嚴重的一位連鼻梁都被打斷了。

不知火狂炎被趕來的大批警力壓制在地，警方甚至還出動了全副武裝的鎮暴部隊，即使如此依舊被打倒了兩百多位警察。直到記者也到了現場時，不知火狂炎依然在咆哮著，帶著像是要將上天也撕裂一般的怒氣，述說著自己必須成為劍道十段，必須成為劍聖。

那聲音雖怒，但到了後來，當不知火狂炎被壓制在地時，已經轉為渴望無法實現的痛苦之意。

這個實力如神似鬼、強大無比的男人，他的痛苦源於何時、又出自何處，外人無法知曉。

可是，他面對鏡頭時，那執念熊熊燃燒的烈焰之眸，卻令人印象無比深刻。

「……」

回憶往事的飄忽意識，隨著思緒漸漸收攏，逐漸將視線聚焦於現實。

我望著正坐著的不知火綾乃，內心的疑惑仍未消除。

如果眼前的少女，真的是不知火狂炎的女兒的話，那她為什麼不在家裡的道場練習呢？

比起設備不足的弓道場，門生眾多的家中，不是有更好的練習對象與環境嗎？

我原本想要將心中的疑惑問出口……可是，在與不知火清澈的雙眸對視時，卻不禁產生猶豫。

說穿了，我與不知火綾乃談不上熟識。

甚至可以說是關係很差，因為她動不動就會提起竹劍，毫不留情地向我斬來。

那麼，這種已經大略觸及內心話語的疑問，真的適合出口嗎？

以獨行者多年的經驗而論，答案當然是否定的。

所以，我才會把即將出口的問語吞入腹中。

就在我內心思量的時候，不知火綾乃也在考慮某些事情。

或許是清晨的寧靜讓氣氛變得與往常不同，又或許是獨處產生了誘因，平常除了砍人與問罪以外，很少搭理我的不知火……在這時，忽然開口發話。

「……二藏閣下，在下有一事想要請教。」

「什麼？」

不知火突如其來的提問，讓我一怔。

她低垂眼簾，思索片刻後，將話語接續。

「你……為什麼想追求笑容呢？一旦露出笑容，就會使人變得弱小，不是嗎？」

露出笑容，就會使人變得弱小？

就在我思考這句話時，不知火抬起頭，將視線望入我的眼中。

然後，她將膝蓋上的竹劍，用雙手捧起，讓我能夠直視那把竹劍。

「如果想要變得強大，成就那所謂的武之極致，就必須變得像劍。劍不會笑，不會牽動情感，因此也不會露出破綻，不會給予敵人可乘之機。劍是剛硬冷酷的，是給予敵人迎頭制裁的，是不能帶有情感的。」

我之所以想要尋求笑容，正是為了彌補自身的人生破綻。

可是，現在不知火卻提出了截然相反的論點。她認為露出笑容，是產生破綻的原因，是變得弱小的罪惡根源。

此時正坐在道場中，視線相對、論點相反的我們，陷入了片刻沉默。

笑會露出破綻……如果這是不知火至今賴以維生的人生信條的話，大概，我的論點是無法說服她的吧。

因為，我們是不一樣的。

所謂的人心，原本就極為複雜。哪怕出發點相同，邁出相同的求道途徑，因心之所向，也可能會抵達相左的終點。

想了又想後，我終究只能在不同的終點，朝另一邊的不知火……試圖以盡量溫和的方式，道出內心所想。

「可是，妳不是劍。」

「在下想成為劍。」

「妳想，但妳不是。」

不知火望了望手中的竹劍，這時她原先捧劍的雙手輕輕放下。像是想向竹劍尋求認同那樣，她將竹劍抱在懷裡。

「在下如果不是劍，就失去了存在價值，所以必須成為劍。就算二藏閣下你覺得不是，在下也必須覺得自己是。」

「是這樣嗎？」

「是的。所以，在下是劍。此身即為劍，內心即為劍，言語即為劍，一切皆為劍。如果是為了變強的話，在下什麼都能做，什麼都願意付出……正因為如此，在下才會對二藏閣下的行為感到困惑，像你這種原本不能笑的劍客，不應該如此自甘墮落。」

「……自甘墮落？」

我倒是第一次聽到有人這樣形容不能笑的我。

不知火點點頭。

「是的，自甘墮落。你因為不能笑，所以強……因為無法表露情感，所以才能將內心情緒隱含於劍中，以劍鋒代替言語。否則，閣下根本沒有資格與在下交手。」

「……這樣說的話，除了笑容，憤怒、哀傷、快樂等諸般情緒，妳應該也要隱去才對。因為劍也不會有其餘情緒。劍不會評判自己斬的是惡人還是善人，也不會有身為風紀委員長的正義感，一再於校內追捕違反校規的犯人。」

不知火綾乃聞言一怔。

思考片刻後，她臉色沉了下來。

「追捕違反校規的犯人，並不妨礙在下變得強大。」

「可是，劍不會有自身的好惡。如果是為了變強能夠付出一切，那妳應該將用於擔任風紀委員的時間，全部用來練劍才對。」

「……──!!」

不知火露出掙扎的表情，沉默片刻。

我則繼續說下去。

「所以，我說過了，妳不是劍，妳只是希望成為劍……或者說，妳希望藉著成為劍，來掩蓋內心原先的不安……掩蓋原本存在的渴求。妳其實本來是想笑的，否則又何必壓抑自己？說穿了，妳不過想藉著『己身為劍』這樣的理論，來讓內心的矛盾變得合理化──讓自己在過往人生中的所有付出，不至於顯得毫無價值。」

聽到「毫無價值」這四個字時，不知火綾乃的瞳孔瞬間凝縮。

接著，她的聲量提高，語氣也急促許多。

「二藏閣下，你這是詭辯!!即使在下成為了劍，本質上仍是劍客、是武士……武士又為何不能秉持心中的正義，將刀刃斬向罪惡之人，讓弱者能夠安心露出笑容？愛、憎、貪、嗔、痴，正因為有這些情緒的存在，為了化解這些衝突，劍才有存在的意義，才被賦予了打造出的價值！」

「……或許是這樣吧。但不管怎麼說，我還是覺得妳應該要笑。」

「這是為何？」

「因為，如果妳不笑，妳怎麼知道露出笑容的路徑，是通往弱者的道路呢？沒有走到盡頭，沒有見證那極致道路的風采，又怎麼能證明妳那孤芳自賞的強，就是真正的天下無敵？」

不知火綾乃的聲量再次提高，這次她臉上現出了些許怒容。

雙方的辯駁漸趨激烈。

「謬論!!在下的劍，早已經證明了露出笑容是弱者的道路！」

「不，並不是，妳沒有證明。」

「在上次的對決中，在下壓制了二藏閣下你，那就是最好的證明！」

「那是因為我沒有拿第二把劍，我是雙刀流的。」

「別找那種弱者的藉口!!」

「我真的是雙刀流。」

「你……——!!」

不知火話說到一半，忽然有了不滿的停頓。她霍地站起，居高臨下地望著我。

然後，她轉身向道場入口走去。

「滿是謬論，盡是找一些弱者專屬的藉口……二藏閣下，在下對你很失望。」

在即將邁入道場時，不知火綾乃停下腳步，接著半回過頭。

然後，她道出離去前的最後一句話。

「既然並非同為捨棄笑容的求道之人……二藏閣下，下一次看見你違反校規，在下不會再手下留情。」

語畢，她的身影踏入耀眼的晨光中。

漸行漸遠……漸行漸遠，直到身影消失無蹤。

第四章 辣妹群組＆男朋友合照

「話說回來，不知火那傢伙根本沒對我手下留情過吧……」

每次都像在沙灘上砍西瓜那樣全力向我砍來，居然好意思說自己手下留情。

還是，她所謂的手下留情，指的是自己沒有使用最強的奧義呢？

我不明白。

總之，不知火綾乃身上帶著不少謎團。

她為什麼如此執著於捨去笑容，執著於……成為劍。

又為什麼不在自己家中的道場修煉。

但是，如果直接去問的話，不知火肯定也不會直白地承認吧。

她就是這樣的個性。

時光飛逝，思考著這些事的我，心不在焉地上完了整天的課。象徵社團活動時

光的黃昏再次到來。

放學後，我按照平常的習慣往社團教室走去。

因為沒別的事情做，所以我到得算早。但即使如此，在我拉開社團教室大門時，暖暖陽也已經先到了。

暖暖陽原本仰躺在沙發上，正在瀏覽手機畫面的她，露出愁眉苦臉的表情，一邊喃喃自語。

「嗚嗯……那些傢伙居然……!!怎麼辦呢……人家到底該怎麼辦呢……」

在苦惱的同時，大概是聽見了大門被打開的聲音，暖暖陽向門口的方向看去，然後發現了我。

「啊、有了，這不是還有二藏同學嗎！」

彷彿頭上亮起了找到解決方案的燈泡，暖暖陽跳起身。

然後，暖暖陽急忙跑到我面前，低下頭，對我擺出雙手合十的拜託手勢。

「二藏同學，人家有一件事要拜託你！請一定要答應我！」

實話實說，我很少看到暖暖陽這麼低聲下氣。

換作以往的話，暖暖陽大概只會躺在沙發上「啊啊……身為神之少女的人家，就給你一個幫助神明的機會吧！」──這樣驕傲地提出請求。

現在忽然這麼低姿態地來拜託，反而讓我有點不習慣。

但這也側面證明了暖暖陽要拜託的事，是十分困擾她的存在吧。

出於謹慎與保守，我還是率先發問。

「呃，妳有什麼事需要幫忙呢？」

「那、那個——事情其實是這樣子的！」

暖暖陽有點猶豫，但還是將手機螢幕轉到我這邊，讓我觀看其上的畫面。

原來暖暖陽與糰子、煙燻鮭魚、小動物那些辣妹朋友，有一個共同的ＬＩＮＥ群組，四人都在其中。

直白形容的話，就是辣妹群組。

這個辣妹群組裡的成員，雖然彼此聊天並非熱絡，但偶爾也會有人貼照片來分享、又或是炫耀自己日常生活中發生的事。

而群組中，最新提出的話題，就是跟男朋友相處的點滴日常。

糰子貼出了跟男朋友去吃高級牛排的照片。

煙燻鮭魚是跟男朋友一起去知名景點看夜景。

而小動物則是央求男朋友替自己買了新衣服。

三人交換照片炫耀完畢後，紛紛起鬨要求暖暖陽也貼出與男朋友相處的照片。

雖然在ＬＩＮＥ上面只能看到文字，不過依然能感受到螢幕另一頭對方緊迫逼人的態度。

煙燻鮭魚：「優花，妳總是誇讚自己有個帥氣又超級優秀的男朋友，總不會跟男朋友沒有過合照吧？」

糰子：「就是說啊，上次還貼家裡金魚的照片說是自己的男朋友，未免也太搞笑了吧。這次可不會讓妳蒙混過去哦？」

小動物：「其實我也有點想看。」

暖暖陽在LINE上面的暱稱是本名，也就是「優花」。

優花：「啊哈哈，下次會讓妳們看的啦，一定會。」

面對暖暖陽的乾笑回應，其餘三人已讀不回。

就連我這個局外人，都能感受到那種帶著尷尬的懷疑氣氛。

所以，為了不讓長期以來的謊言被揭穿，暖暖陽才會硬著頭皮來拜託我吧。

明白原委後，我忍不住嘆了口氣。

「既然是謊言的話，遲早會遭人揭穿，這是理所當然的事。如果是真正的朋友的話，只要老實說明原委，她們也是可以理解的吧。」

從一般人的常識來看，我的勸告大概是合情合理的。

只是，暖暖陽一聽之下馬上大叫起來。

「欸？才沒有呢！在辣妹的圈子裡，沒有男朋友跟用了褪流行的唇膏一樣遜哦？是那種會被當成大爆笑題材一連笑上三個月的笨蛋話題啦！」

暖暖陽激烈的反應出乎預料……大概，她所謂的辣妹群體，並不能用常識人的標準來衡量吧。

接著，暖暖陽再次雙手合十低下頭。

「拜託啦，就幫人家這一次！作為報酬，下次請二藏同學你吃車站前的可麗餅！是最近在推特上超級～～有名的人氣排隊店家喔！」

「……好吧。」

見我答應，暖暖陽露出燦爛的笑容。

「耶!!那趁著其他人還沒來社團教室，我們快點來拍照片吧！」

在說話時，她還開心地比出了ＹＡ的姿勢。

……坦白說，她真的長得很可愛。

尤其在這種面對面交談的距離，一旦看到暖暖陽笑起來，內心就會不由自主被勾起某種輕微的悸動。

大概，這就是青春期男生的天性。即使是我，也難以抵抗暖暖陽強烈的異性魅力。

——即使知道那燦爛的笑靨，並非暖暖陽真正的笑容。

——哪怕自知成為獨行者，才是通往無破綻人生的正確道路。

可是，遭受可愛女生的央求，會下意識放寬對於接受要求的條件，這就是年輕

男性的可悲之處，或者說無法彌補的弱點。

或許，唯有遭受歲月沖刷……在成為大人出社會後，遭受寫實又殘酷的人際關係洗禮，才能在這部分擁有相應的抵抗力吧。

在內心升起警惕的同時，我將自己的弱點牢牢記住，並且引以為戒。

不過，今天這一次，看來是無法避免了。

「要拍什麼照片？」

我如此詢問。

暖暖陽想了想，拉著我在雙人沙發坐下。

「就拍兩人肩膀靠著肩膀的合照吧，我會避免你的臉入鏡的，這樣之後就不會被認出來。啊、就是這樣，再靠近一點。」

我將肩膀挨近暖暖陽的肩膀。在這個距離，我能夠感受到少女特有的芬芳傳來，而且肩膀彼此相觸的部位，也在緩緩沁入對方的體溫。

就算隔著制服，我也能感受到她的身體遠比男性柔軟。因為不習慣與女性接觸，我的手臂肌肉不由自主地繃緊。

「放鬆一點啦！男朋友如果像炸毛的貓一樣緊張，不是很奇怪嗎！」

將手機高高拿起，專心調整著自拍角度的暖暖陽，開口指導我的動作。

「喔……喔喔!!」

我依言照做，好不容易才放鬆下來。

「來，要拍了喔……一、二、三！」

熱騰騰的自拍照出爐了。

拍照大概是辣妹必修的技能之一，暖暖陽拍的照片，從取鏡角度到調整光線等細節，幾乎是無可挑剔。

接著，暖暖陽迫不及待地將照片傳到辣妹群組中。

優花：「妳們看！這是人家與男朋友的合照！為了避免妳們羨慕，這次先不讓妳們看長相。」

糰子很快已讀，並做出回應：「這就是優花的男朋友嗎……看起來好像挺健壯的，平常有在鍛鍊嗎？」

「咦？她說你看起來挺健壯的耶！」

現實中的暖暖陽有點驚訝，她回過眸仔細打量我，這時才發覺我因為練劍的關係，短袖之下露出的手臂部位，充滿紮實的肌肉。

其實不光是手臂，我也有胸肌跟腹肌，只是不脫掉衣服並不明顯而已。

暖暖陽很快按動手機，滿臉得意地回應。

優花：「嗯嗯！有喔！」

這時，煙燻鮭魚也加入話題：「那個，還有別的照片嗎？」

優花：「怎麼了嗎？」

煙燻鮭魚：「我是很不想懷疑啦，但是優花，妳不覺得你們之間的動作很不像情侶嗎？如果仔細看的話，就只有肩膀靠在一起而已，這個男的大腿都向另一邊傾斜了，好像在顧忌什麼不敢靠近似的。」

優花：「啊哈哈，妳多心了啦！」

煙燻鮭魚：「所以說，還有別的照片嗎？更親密一點的那種。」

暖暖陽的視線離開手機，用很快的速度向我看來。

然後，她露出快要哭出來的表情，向我發出哀號聲。

「──笨蛋笨蛋、二藏同學是大笨蛋!!為什麼你要在拍照的時候斜過大腿啊！不是早就說要拍得像情侶一樣了嗎！她們反而更懷疑了啦！怎麼辦怎麼辦！」

「呃……這個……」

在檢查照片的時候，我與暖暖陽因為缺乏與異性交往的經驗，所以都沒有發現細微的疑點。

可是，在刻意雞蛋裡挑骨頭的煙燻鮭魚看來，那疑點頓時變成輿論的破口，化為能夠攻擊暖暖陽的利器。

……想要獲得團體領袖地位的辣妹還真是可怕啊。這方面的觀察力，簡直異於常人。

「不行，再這樣下去要露餡了！我們再拍一張，這次一定要逼真寫實！」

為了化解危機，暖暖陽可以說是使出了渾身解數。

她主動向我靠來，不光大腿與肩膀，幾乎半邊身體都靠在我身上，然後舉起手機準備拍照。

才剛舉起手機調整鏡頭，暖暖陽像是想起什麼，拉過我的手臂，從後頸處環過，搭住她的肩膀。

然後，她將臉頰貼在我的胸口，做出依偎的姿勢。

「要拍了喔！一、二、三。」

隨著按下快門的喀嚓聲，新照片再次出爐。

再三確認過這次完美無缺後，暖暖陽將新照片傳到辣妹群組裡，再次開始炫耀。

優花：「快看！這是人家與男朋友的合照！」

小動物：「咦？我來晚了嗎？優花居然也會分享自己與男友的照片耶。」

煙燻鮭魚：「是分享了啦，但還是有點怪怪的。」

優花：「!?」在驚嘆的符號過後，暖暖陽傳了一張企鵝歪頭表達問號的Q版貼圖。

糰子：「確實有點怪怪的，這個男生手掌的位置，是不是有點不自然啊。」

優花：「咦？什麼什麼？」

接著，像是要證明事實那樣，煙燻鮭魚傳了一張照片到辣妹群組中。

照片中，畫著煙燻妝的煙燻鮭魚，跟一個留著金色中長髮的小混混坐在長椅上，兩人靠在一起，合照的姿勢與我跟暖暖陽的照片，恰巧一模一樣。

說穿了，也並不奇怪，因為我們選的動作，本來就是大多數情侶會做的常見姿勢。

可是，就算乍看之下相似，畢竟還是有不一樣的地方。

因為，煙燻鮭魚與金髮小混混的照片中，有一個對我們來說極為致命的癥結點。

金髮小混混的手臂，環繞過煙燻鮭魚的頸部之後，自然地下垂，然後手掌直接蓋在了煙燻鮭魚的胸部上。

反觀我們的照片，我的手掌晾在空處，用一種顯得較為費勁的姿勢維持動作。

後知後覺地發現真相後，暖暖陽這次真的差點哭出來。

「你怎麼又自己做這種多餘的事情啦——!!不是早就說了要拍像情侶一樣的照片嗎！這次真的被懷疑了啦！」

「我也沒辦法啊，我又沒有女朋友！怎麼知道戀人的動作是怎麼樣的？」

我試圖辯解，但是暖暖陽卻用微紅的雙眼瞪著我，表情堅定。

「反正再來拍一次，這次要真的拍。」

「真的拍？」

「二藏同學你一樣用手臂環過人家的頸部，然後手掌就直接放在人家的胸部上。為了不引起她們的懷疑，最好姿勢自然一點。」

「呃……我沒有經驗，不知道怎麼樣才算自然。」

暖暖陽聞言，紅著臉轉過頭去，露出不甘心的表情。

「什麼啊、什麼啊!?用那種藉口敷衍人家，人家也沒有經驗啊！反正你就把手掌按上來就對了！」

「……可以嗎？」

我覺得不太妥當。

暖暖陽似乎也這麼認為，她那從未與異性有過親密接觸的害臊，已經讓她臉上的紅潮一直蔓延到脖子處。

可是，為了爭取面子，她依舊小小聲地道出了逞強的話語。

「可、可以啦……反正那種事，就算不是辣妹，不是也有很多人在做嗎？」

在說話的同時，暖暖陽的眼睛不敢看向我。

因為，肩膀靠著肩膀的話還可以說服自己，認為對方是要好的朋友。

可是，如果觸碰胸部的話，就代表跨越了交情上禁忌的那一線。是青春期的異性之間，在確認關係時的主要象徵。

趁著快要燃盡的勇氣尚存，暖暖陽一鼓作氣地拉著我擺出姿勢，然後視線在我

伸出的手掌上猶豫片刻。

「……摸吧。人家要趕快拍照，不然她們又已讀了。」

「呃……」

遭受暖暖陽的催促，我的手掌只好往下伸去。

因為距離很近的關係，可以明顯看到暖暖陽的胸部，將白色制服的前襟撐得飽滿鼓脹。

……好大。

這時暖暖陽閉起眼睛，並且深呼吸一口氣，在做好遭到觸碰的心理準備。

可是，就在手掌即將觸碰目標物之前，忽然社團教室的大門，被人拉開了。

走進教室的人，是一名少女。

一名斜背著沉重劍道包的少女。

不知火綾乃。

看見不知火綾乃的瞬間，我頓時想起早上與她在弓道場內最後的交談。

「既然並非同為捨棄笑容的求道之人……二藏閣下，下一次看見你違反校規，在下不會再手下留情。」

不知火綾乃在踏進教室的瞬間，因為望見我與暖暖陽的曖昧動作，像是遭到了石化那樣，原本邁出的腳步頓時止住。

然後，她沉默地與我對視。

眼神很冷。

冷到就像要將人凍斃的堅冰。

然後，伴隨抽出竹劍的動作，她憤而喊出的第一句臺詞……光是聽聞，就足以令身為驚弓之鳥的我產生驚懼。

「——不知火流奧義・狂炎斬龍劍！！！！！」

第五章　小社員・大齊聚

「所以說，這個像廢墟一樣的社團教室，究竟是怎麼回事？」

在社團確信成立的第二天，首先映入凜凜夜眼簾的是無數家具的殘骸。

所以此刻的她，正露出一臉不高興的表情，盤問乖乖正坐於地上的三名犯人——也就是我、暖暖陽，以及剛剛還在暴走的不知火。

不過，有另一件事使我印象深刻。

在發現社團教室一團亂的第一時間，凜凜夜首先查看的不是較為貴重的財物，而是跑到教室後方的置物櫃處，查看放在頂端的室內盆栽是否遭受波及。

那盆栽裡種的是類似於小型柳樹種的植物，一直以來，都能看見凜凜夜小心翼翼地替盆栽澆水或施肥。

凜凜夜為什麼如此寶貝這個盆栽，又或者說如此寶貝其中的植物，她未曾提及。因為事不關己，當然也沒有人發問。

可是，今天看到凜凜夜急忙跑向置物櫃方向的那一幕，不禁讓我對其中的緣由更加好奇。

「二藏、二藏!!你有在聽嗎？」

凜凜夜雙手抱胸，露出不爽的表情，站著俯視我。

啊、剛剛因為在思考盆栽的事情，不小心出神了。

我趕緊道歉。

而剛剛踏入教室的十宮亂鳳，在聽聞前因後果後，捧著臉頰露出微妙的笑容。

「呼呼呼……大家還真是活力旺盛呢。不過，既然已經變成這樣也沒辦法了呢。」

給予這樣微妙的、並不怎麼能算是責備的評語，身為老師的十宮亂鳳，看到一團亂的現場，居然就這樣輕易原諒了我們。

凜凜夜也是一怔，但她很快又皺起眉毛。

「雖然十宮老師原諒了你們，但本小姐可沒有那麼寬宏大量！」

「哎呀，凜凜夜同學，在進行社團活動時，不是應該用『共犯代號』來稱呼彼此嗎？」

十宮亂鳳如此提醒凜凜夜。

凜凜夜看了看十宮亂鳳，猶豫片刻後，點了點頭。

大概，凜凜夜並不是忘記社規，而是對於高輩分的師長，打從心底猶豫這樣做是否適合。

在得到十宮亂鳳提醒後，她那如釋重負的表情就是證明。

「那好……雖然魔女原諒了你們，本小姐可沒有那麼寬宏大量。限你們在今天之內把社團教室恢復原狀，這是社長的命令！」

「嗚嗚……明明不是人家的錯……」

暖暖陽淚眼汪汪的樣子，老實說看起來很可憐。

「……這就是為了守護正義的武士，所必須背負的代價……嗎？不，在下雖然接受處罰，但絕對不會反省。」

「最需要反省的就是妳啦！人家在辣妹群組裡因為妳來打擾的關係已經被誤會了啦！」

正坐在隔壁的暖暖陽用凶巴巴的態度如此抱怨，不知火卻依舊表情漠然。

「……這就是為了守護正義的武士，所必須背負的代價嗎？」

「不要一直重複說話來逃避現實！難道妳的神經真的是橡皮筋做的嗎！」

聽到暖暖陽的抱怨我才想起，不知火的外號，似乎叫做橡皮筋武士。

我忍不住又嘆了口氣。

「總之，將教室恢復原狀就可以了吧？」

之前自稱神之少女的暖暖陽，曾經從信徒那邊得到過很多家具，多餘的都堆到教學大樓旁邊的廢棄倉庫裡了。

也就是說，只要把教室內的殘骸打掃乾淨，並將備用的家具拿來社團裡使用，這樣就能解決問題。

計畫完畢後就立刻行動，我、不太甘願的暖暖陽以及不知火三人，開始打掃教室。

打掃到一半時，忽然教室內來了兩名訪客。

她們站在門口，望著教室內的局面。站在左邊那位，露出目瞪口呆的表情。

「哇喔——詩音內詩音內，這是怎麼回事？難道說這裡剛進行過神界與魔界之間的戰爭嗎？咱很吃驚哦，超級吃驚的哦！」

「不要總是大驚小怪，詩音早已經告訴過妳，在哥哥大人的身邊有天邪鬼潛伏，這不過是天邪鬼又出手了而已。」

「哇喔哇喔!!」

站在門口，妳一言我一語的訪客，是兩名幼女。

詩音與百萬千穗理。依然穿著色氣魅魔裝的百萬千穗理，將手掌放在眉毛上，露出驚奇的表情四處張望。

她似乎相當信任詩音，哪怕聽到「天邪鬼」這種荒謬的說法，也並沒有提出質

疑……反而一再於教室內眾人的臉上打量，似乎在觀察誰是天邪鬼。

最後，百萬千穗理將視線停留在凜凜夜的臉上。

「詩音內，天邪鬼肯定就是這傢伙吧。」

「……哼。妳也看得出來嗎？」

「因為這傢伙不但一臉陰沉，而且還站在滿地殘骸上，監督著三名人類奴隸做事……就算是身為魅魔的咱也能察覺不對勁！稱讚咱吧，快稱讚咱的機智吧！」

因為教室被破壞、無法進行社團活動的凜凜夜，聽到門口兩人的交談，表情更加不爽。

「——喂，二藏，門口那傢伙是怎麼回事？除了你妹妹之外，為什麼又多出了一個打扮像是笨蛋一樣的傢伙？」

「呃……」

一時之間，我很難解釋清楚。因為百萬千穗理這傢伙，全身上下都是莫名其妙的特點。

倒是詩音先開口向我說明她們為什麼會在這裡。似乎是因為放心不下「天邪鬼」的威脅，所以詩音一放學後就匆匆趕來這裡。作為黏著自己的附屬，百萬千穗理也就這樣順勢跟來了。

……誤會似乎越來越深了啊。

嘆了口氣後，我決定解開兩名幼女的誤會。

我蹲下身，耐心地對詩音解釋。

「聽好，詩音，這裡其實沒有天邪鬼哦。之前的事情，只是哥哥開玩笑而已。」

「……詩音明白的。」

「所以……啊、妳明白嗎？那真是太好了！」

我原本以為要多費脣舌才能解釋清楚，但沒想到誤會深種的詩音，居然這麼快表示理解，不禁喜出望外。

「——詩音明白的！哥哥大人肯定是被天邪鬼脅迫了，才不得不說出這樣充滿謊言味道的話語!!」

「嗯、嗯嗯！詩音內說得很有道理，咱也這麼認為！啊、那個天邪鬼用似乎想要殺人的目光向這裡看過來了，做為上位魅魔的咱可不會輸給妳哦？絕對不會輸給妳哦！」

至此，凜凜夜終於到了情緒崩潰的邊緣。

一直被「天邪鬼」來「天邪鬼」地喊，如同火山噴發一樣的情緒，使凜凜夜的眸中如同噴火。

「吵死了!!」藏，趕快把這兩個傢伙趕走!!」

我走到詩音與百萬千穗理面前，與她們溝通了幾句。

然而，就在這時。

我的背後忽然變得僵硬。

……有人正從斜後方盯著我看。

那是一種，對目標對象……具有滔天仇恨的視線。

就像是被毒蛇盯上的青蛙那樣，有一瞬間，我甚至全身都無法動彈。

前陣子，與暖暖陽等人一起去拍大頭貼，在走出店外時……於深沉的夜色中，我也曾經被這樣的視線所注視。

最後，我向目光的來源猛然轉頭看去，看見十宮亂鳳正露出妖媚的微笑，對我笑著揮手。

……她的表情中，並不帶惡意。

可是，為什麼我會有那種寒毛直豎的感覺產生呢？

我應該從來沒有得罪過十宮亂鳳……所以，那種恨入骨髓的視線，應該並非她所發。

再怎麼說，我只是蹲著與兩名幼女說話而已，她沒有道理會產生如此強烈的恨意。

而且，如果發出視線的源頭，真的是十宮亂鳳的話……那她隱藏情緒的能力，光是思之，就足以令人驚懼。

十宮亂鳳舔了舔嘴脣，笑著對我發問。

「怎麼了嗎，二藏同學？從剛剛開始，你就一直盯著人家看呢。」

「啊、抱歉……」

將複雜的心思壓抑下來，眼看無法規勸兩名幼女回去，我繼續埋首於整理的工作。

收拾好教室後，我們去倉庫裡搬運家具。因為我的力氣足夠大，一次能夠搬兩件家具走上樓，所以速度並不慢。

很快，幾乎能用煥然一新來形容的社團教室，呈現於眾人的眼前。

在新家具長形會議桌的兩邊，眾人紛紛坐下。

我、凜凜夜、暖暖陽，坐在左邊。

而詩音、百萬千穗理、十宮亂鳳則坐在右邊。

分成兩邊坐下，在長形會議桌襯托之下，還挺有正式開會的樣子。

「……咳咳。」

凜凜夜首先清清喉嚨，並且發言。

「身為社長的本小姐，認為既然社團都成立了，有必要進行一次大型社團活動！因為最近大家都太鬆散了，鬆散到幾乎忘了『追求真正的笑容』這個共同目標。」

「……人家可沒有忘哦。」

暖暖陽聞言，不滿地嘟起嘴唇。

「色情脂肪怪，整天在沙發上面滾來滾去看漫畫或是吃零食，就是妳所謂的『沒有忘』嗎？嗯？」

「嗚……不要那麼凶啦！教室都已經收拾好了不是嗎！」

對於追求笑容這樣的目標，不知火綾乃自然是沉默不語。

而坐在詩音隔壁的百萬千穗理，這時候戳戳詩音的腹部，然後詢問她問題。

「那個、那個，詩音內，那隻天邪鬼在說的『社團活動』，是出去玩的意思嗎？」

「應該就是出去玩。上次詩音在哥哥大人的書包裡，找到了他與野女人還有天邪鬼的合照。那大概就是社團活動產生的不祥產物。」

詩音居然用「不祥」來形容上次拍的大頭貼啊……詩音就這麼在意上次我撇下她出去玩的事情嗎？

然而，百萬千穗理似乎只迅速理解了「就是出去玩」這句話。

所以她迅速舉起了手，露出開心的表情。

「要要要、如果是出去玩的話，咱也要去！辦吧，社團活動!!」

「——妳這傢伙到底是誰啊!?先別說妳根本不是社員，小學生不要擅自出現在我們學校可以嗎！」

忍耐已久的凜凜夜，終於不滿地發出高喊。

「咱是百萬千穗理，是以後要迎娶詩音內的上位魅魔哦，是超級厲害的魅魔哦！」

「本小姐不管妳是什麼，總之快點從這裡離開。」

「不要！既然詩音內決定待在這裡了，那咱也要待在這裡。」

「妳……」

眼看，凜凜夜就要出言再次驅趕對方。

但是這時候，一直靜觀眾人的十宮亂鳳，忽然笑著發話了。

「呼呼呼……凜凜夜同學，有什麼關係呢？就讓她們加入嘛。」

「可、可是——」

十宮亂鳳不理會凜凜夜，轉頭對著兩名幼女露出微笑。

「妳們都認識二藏同學對嗎？真有趣呢……以後也請多多指教了。」

有趣……嗎？

於是，在十宮亂鳳的允許下，兩名小學幼女就這樣莫名其妙成為了社員。

雖然是非正式的社員，但百萬千穗理卻極為踴躍發言。

「——這裡，快聽咱這裡的意見!!提到社團活動的話，肯定就只能是海邊了對吧？夏天、大海、還有詩音內的泳裝!!三種都最棒了！」

先不提現在剛開學，只是春天，最後的詩音泳裝是怎麼回事？讓人無力吐槽啊……

詩音用鄙夷的表情掃了百萬千穗理一眼。

「……從今往後，請不要隨便靠近詩音。尤其是游泳課的時候。」

「呀啊♡♡，討厭，詩音內真可愛，汝說出類似的話，這已經是第二百二十九次了呢，這肯定是對咱深愛的證明沒錯吧？絕對沒錯的哦！」

捧著自己的臉頰露出陶醉的神情，百萬千穗理明顯已經在無法回頭的道路上漸行漸遠。

只是，聽到詩音的泳裝，暖暖陽也盯著詩音，雙眼渴望地發出光芒。

「嗯、嗯嗯！果然人家也想看看小詩音的泳裝呢。」

「欸？汝也能理解詩音內的魅力嗎？」

百萬千穗理眨了眨眼。

「我懂！超級懂的，就是想把小詩音狠狠抱在懷裡一輩子也不放對吧。」

「——沒錯沒錯、嗚啊哈哈，汝雖然身為人類，但卻很懂這個世間的真理嘛。很好，以後汝就是咱的朋友了！」

站在椅子上雙手扠腰，百萬千穗理指著暖暖陽，對其露出認可的表情。

暖暖陽一怔之後，趕忙做出回應。

「啊、請多指教。」

年紀相差接近十歲的兩人，居然因為詩音產生了微妙的友情……這該怎麼形容呢……真讓人心情複雜。

對於此，凜凜夜則是淡淡道出評語。

「……兩個變態。」

「吵死了天邪鬼！不要批評咱與咱的朋友！」

「就是說啊！像妳這種發霉海苔，根本不懂什麼是美好的事物!!」

被一名幼女與一名少女聯手攻擊，凜凜夜沉著臉，轉向十宮亂鳳提出詢問。

「……魔女老師，身為社長的我，有剝除社員的權限嗎？」

十宮亂鳳微笑回應。

「一般來說沒有，但是呢……現在社團核請還沒有發下，可以說是特殊情況。至於非正式社員的話，就是妳說了算。」

「很好。」

「嗚啊!!汝這可惡的天邪鬼、心理變態、蠻橫暴君!!想對身為上位魅魔的高貴的咱做什麼!!」

「本小姐要把妳踢出社團成員名單，並且每次進行社團活動時都鎖起教室大門，讓妳在放學後再也見不到妳的『詩音內』。」

「惡……惡毒!!世界上居然有汝這麼惡毒的女人，不讓咱吸取詩音能量的話，不就是叫咱去死嗎！」

原來有這麼嚴重嗎……

受到委屈的百萬千穗理，轉向旁邊同為幼女的夥伴，想向詩音尋求認同。

「詩音內！這隻天邪鬼真是太過分了!!汝也開口說說這傢伙，讓這傢伙知道厲害！」

果然，在百萬千穗理期待的目光下，詩音朝著凜凜夜道出認真的發言。

「——社長大人，請務必執行剛才的提議，把這個笨蛋魅魔拒之門外。」

「欸~~~~~~~~~!?!?!?!?!?詩音內太過分了啦！！！！！」

這場短暫的爭執與吵鬧，就在百萬千穗理響徹整間教室的大叫聲中，終於劃下句點。

討論社團活動的話語，終於重歸正題。

不知火一直在角落擦拭著竹劍，無意追求笑容的她，似乎對於我們的話題根本沒有興趣。

凜凜夜在這時候提出建議。

「說起泳裝……最近P市裡，不是有個正在興建的泳池樂園嗎？據說後天，也就是星期六，就會開放第一批遊客進場。」

十宮亂鳳聞言，舔了舔嘴唇，露出微笑。

「泳池樂園嗎……不錯呢。」

凜凜夜點點頭，繼續對大家說明她的計畫。

「在樂園開幕的第一天，園內似乎會舉辦趣味競賽——而那些像黑猩猩一樣能隨隨便便露出笑容的現充，肯定會全部跑去泳池樂園湊熱鬧。

「如果能在比賽中，打倒那些現充的話——凌駕於他們之上的我們，肯定就能得知露出笑容的祕密。

「所以，我們社團正式成立後的第一個社團活動！就是在泳池樂園中奪冠!!」

雖然理論聽起來很奇怪，但笑容社裡的成員原本就沒有一個正常。聽完凜凜夜的發言後，居然還有不少人點頭認同。

先是暖暖陽。

「比賽嗎……很好，人家燃燒起來了。為了奪冠與夥伴一起努力參加活動，簡直就像少年漫畫裡的情節一樣呢。」

再來是詩音。

「……如果哥哥大人沒意見的話，那詩音也沒意見。」

以及百萬千穗理。

「如果詩音沒意見的話，那咱也沒意見。」

喂喂！妳們又不是俄羅斯套娃，這樣一個接一個的嗎！

還有十宮亂鳳。

「泳裝啊……確實是個好機會呢，嘻嘻。」

她的視線向我投來，上下打量之後，露出帶著母性的、那種妖媚的笑。

於是，泳池樂園的提案順利通過。

因為時間已經不早了，所以今天的社團活動就到這裡，大家各自解散。

暖暖陽跟凜凜夜先行離去。

不知火似乎還有風紀委員長的工作，於是往學生會室走去。

而因為受不了百萬千穗理貼著臉頰糾纏，詩音也一邊大叫一邊逃跑，很快消失在走廊彼端。

我留下來將一些尚未擺放整齊的家具搬好，在工作的過程中，十宮亂鳳坐在沙發上，穿著黑絲襪的雙腿交疊，像是很感興趣那樣，一直盯著我看。

將最後一張單人沙發擺到角落後，布置終於大功告成。

伸手抹去額際因勞動而流下的汗滴，我呼出一口氣，也決定轉身離開。

但是，就在我準備向門口走去的同時，十宮亂鳳卻忽然站起身。

「你就這麼走了嗎？二藏同學。」

「什麼？」

我一怔，不禁回頭看去。

這一回頭，頓時發現十宮亂鳳已經走到了近處，已經快要到面對面的距離。

她的身上，有一種類似桃子的香氣。

接著，十宮亂鳳扭動身軀，貼得更加靠近。

並且，她用甜膩的語氣，低聲在我耳邊發話。

「……嘻嘻，你還真是遲鈍呢。人家是刻意留下來等你的哦，你沒發現嗎？」

「呃。」

刻意留下來等我，為什麼？

因為不解，所以我將心中所想宣之於口。

「那個……您為什麼等我？」

「因為人家想跟你獨處哦，一直都很想，想到身體深處都快要搔癢起來了。」

「為、為什麼？」

乍聞衝擊性的話語，讓我的回覆不得不開始結巴。

十宮亂鳳繼續在我耳邊說話。

「人家覺得你很特別哦，所以想要比其他女人都接近你……對了，你會討厭比你年紀還大的異性……成為交往的對象嗎？」

與其說喜歡或討厭，不如說我根本沒想過那方面的事，所以我只是搖搖頭。

十宮亂鳳看到我的動作，紅暈著臉頰，輕輕點頭。

「這樣的話，就太好了呢。因為二藏同學是那麼的特別，特別到……人家的心裡，一直在湧起奇怪的感覺哦。」

在光線漸漸變得昏暗的社團教室內，我們兩人的影子，在殘弱的夕陽下投映得很長。

因為一前一後站立的關係，兩人的影子也彼此交疊，纏繞到分不清彼此。

而十宮亂鳳帶著誘惑性的言語，也彷彿在向我的內心伸出擁抱的雙臂，試圖將其擁入懷中。

「話說回來，二藏同學你剛剛流汗了對吧？」

剛剛搬動家具，我確實流了汗。

我原本以為十宮亂鳳想要抱怨汗味，但卻看到她瞇起眼，然後在我脖子旁邊吸了一口氣。

「哈啊～～這衝鼻的男性氣味……不可以哦，二藏同學，不可以讓老師這樣的女性，在獨處的時候聞到這樣的味道哦。否則會發生不好的事情的。」

「!!」

聞言，我嚇了一跳，下意識後退兩步。

面對這樣的情況，我感到不知所措。

而十宮亂鳳臉上的笑意，於此時更深了。

「對了，我都知道哦？之前二藏同學你跟那個叫做暖暖陽的小丫頭，為了拍照做出了一些事情，你差點摸到了她的胸部，沒錯吧？」

「呃……」

我無法否認，但又很難在這點上承認。

因為對方是老師。

而且在這種情況下，如果直接應是，總覺得事情會徹底脫離掌控。

十宮亂鳳舔了舔嘴脣，微笑發話。

「像二藏同學這種滿身肌肉、荷爾蒙幾乎要溢出的男性，會想要接觸女孩子，老師我呢，完全可以理解哦？只不過——」

言語及此，十宮亂鳳忽然牽起我的右手手掌。

「——只不過，比起那種還在成長的小丫頭，毫無疑問，是老師我更好……沒錯吧？」

語畢，以彷彿要滴出水來的嬌媚眼神，十宮亂鳳凝望著我。

在那凝望之中，她拉起我的手掌的動作，始終未停。

然後，她將我的右手就這樣蓋在她的胸部上。

因為胸部很大的緣故，所以即使是用手掌按著，也無法覆蓋全部。

「老師我呢，不光是長相，就連身材也有不輸給任何女人的自信哦？」

一邊如此述說，十宮亂鳳引導的動作開始用力。她壓著我的手掌，使手掌陷入了柔軟的肉中，掐得胸部略微變形。

……好大。

就在十宮亂鳳似乎想要繼續發話，做出更進一步舉動的時候，忽然從走廊的遠端，傳來急促的奔跑聲，以及某名幼女的哇哇大叫聲。

「哥哥大人，幫幫我、幫幫我，詩音甩不掉這個笨蛋啦!!」

「——詩音內真是太見外了，只要與咱融成一體就可以了哦!!」

在後追趕的百萬千穗理興奮地發出大叫。

她們兩人的聲音越來越近，正在高速朝著社團教室接近當中。

聽到那些聲響，十宮亂鳳發出輕笑。

「有礙事的人來了呢……」

終於，她放開我的手掌，手掌從陷入的柔軟中順利脫離。

「嘻嘻，她們是這樣對吧？彼此磨蹭臉頰？」

十宮亂鳳用臉頰向我貼來，輕輕磨蹭著我的臉頰。她的臉頰也非常柔軟，而且帶著輕輕蕩入內心的滑膩。

在詩音與百萬千穗理迫近到門口時，十宮亂鳳在輕笑中，慢慢退後了幾步。

然後，她用只有我能聽見的耳語，悄聲發話。

「吶，接下來的事情，就留到下次兩人獨處時再做吧？老師我呢……會期待的哦。」

「哐啷」一聲，教室大門被拉開。

撲進教室求援的詩音，以我為掩體不斷繞圈，躲避著百萬千穗理。

而在這樣的鬧劇中，在兩名幼女不注意時，十宮亂鳳張開嘴巴，對我輕輕伸出舌頭。

不知道為什麼，她讓我看她的嘴裡與喉嚨。

然後，在柔軟的媚笑聲中，十宮亂鳳轉身離去。

轉身離去，離去……

人是走了，卻在我心中留下了巨大的謎團。

第六章　進擊！泳池樂園！

與十宮亂鳳獨處的當晚，我的心思有些紊亂。

……她為什麼要那麼做呢？

坦白說，我長得並不是十分帥氣。就算肌肉多了點，但那些運動系社團裡，多的是肌肉怪物，這並不足以成為她挑選我的優點。

她一直說我是「特別的人」，那又是什麼意思呢？

雖然十宮亂鳳確實相當色氣，如果是一般男性的話，恐怕早已淪陷了吧。

可是，我早已聽聞過十宮亂鳳的壞名聲。而且，因我多年的獨行者經驗、所產生的內心警鐘，此時也正在瘋狂作響。

為了整理思緒，我開始在十宮亂鳳的「情報筆記」裡新增內容。

「情報筆記」更新了。

●本名&代號：十宮亂鳳、魔女。

●很漂亮，這個人的美貌程度，即使成為模特兒，身材容貌也是最頂尖優秀的那一群吧。

●目測165公分左右。

●體重不明。

●胸部比暖暖陽還大。

●被稱為「喜新厭舊的魔女」，名聲並不好，似乎有勾引男性的壞習慣。

●好像沒有朋友。

●不知道為什麼，忽然回心轉意決定加入笑容社成為顧問。

●胸部真的很大。

●在笑的時候，眼神深處，似乎並不帶笑意。

●笑容崩壞程度：？？

●很色情的女人，被她勾引了。

●她是真的喜歡我嗎？「很特別的人」到底是什麼意思？

●不能隨便與其獨處，感覺會發生不好的事。

最後面的三條，是新增的項目。

啊、對了，有關百萬千穗理的情報筆記，還沒有撰寫。

雖然那個自稱魅魔的幼女像是個笨蛋，但也不能小看了她。因為無比謹慎，這是獨行者想要獨善其身的不二法門。

因為時間已經很晚了，所以我決定先睡覺，有空時繼續完善情報筆記。

很快，星期六來臨了。

大家約定好在早上八點鐘在泳池樂園碰面。

大家都到齊之後，身為社長的凜凜夜發出激勵眾人的宣言。

她首先高舉右手。

「那麼，為了取回笑容，今天的目標是在比賽中打倒那些現充——!!」

「「喔————!!!!!」」

雖然不知火與十宮亂鳳沒有反應……不過，大概是受到氣氛感染，暖暖陽、詩音、百萬千穗理也高舉右手回應。

……偏偏在奇怪的地方氣氛激昂，這樣的社團真的沒問題嗎？

之後，我們開始往入口移動，準備買票進場。

據說因為開幕第一天有半價優惠，所以光是入口處就大排長龍，至少擠了上百個人在購票處，場面極為混亂。

有點想起之前跟暖暖陽、凜凜夜、不知火去遊樂場的事情了，那時候為了見識傳說中的大頭貼機，也是排了很長的隊伍。

「哼，本小姐早已吸取上次的教訓，跟我來吧。」

原來凜凜夜早已經在網路上買好了VIP票，VIP票的特權是可以從特殊的閘口搶先進場，當然票價也貴上許多。

用來買票的錢，並非社團經費，而是凜凜夜自掏腰包。雖然這些錢對她來說可能不算什麼，但我還是感到相當不好意思，因為我跟詩音算起來就是兩個人，真的讓她破費了。

我暗自下定決心，等這個月打工的薪水發下來之後，就請凜凜夜去吃幾次大餐。

眾人從VIP閘口進入，經過入口狹長的石頭隧道後，眼前的景色豁然開朗。

……然後，我們看見四條岔路，也不知道哪條才是通往樂園內的正確道路。

一旁拿著方向指引牌的工作人員，這時候開始擔任臨時的嚮導。

「各位尊貴的客人，你們眼前所看見的四條岔路，每一條都通往園內不同的區域喔！」

略微停頓，他繼續解釋。

「岔路能通往的四個區域，也各自有不同的比賽舉行！A區域舉辦的是『借物競賽』、B區域舉辦的是『水上騎馬打仗』、C區域舉辦的是『水槍大戰』、D區域舉辦的是『泳裝選美』。諸位客人可以依照自身喜好，來挑選想去的區域。」

每個區域居然各自有不同的比賽舉行。

也就是說，四條岔路各自通往的區域，就代表了四種不同的比賽，這樣的情報明顯出乎了凜凜夜的意料。

凜凜夜有些焦躁地咬著手指甲，「嘖」了一聲。

「……被算計了，比賽竟然不止一種。這難道是那些現充，為了不讓笑容社制霸比賽，而設計的陷阱嗎？」

不，我想其他人根本不知道我們要來。園方只是為了趣味性而設計的吧……

但四種比賽該如何取捨，成了此刻在入口處必須抉擇的問題。

十宮亂鳳看了看大家，身為指導老師的她似乎沒什麼意見，只是笑著觀察眾人……最後又將目光停留在我身上。

「……」

在沉默中，我刻意避開十宮亂鳳的視線。

自顧自地認為被該死的現充干擾了社團計畫，凜凜夜哼了一聲之後，迅速做出決定。

「在這種情況下，就不用多做考慮了吧？既然我們有六個人，而項目只有四種，當然必須把目標放在『全項目制霸』上，否則不就輸給那些狡猾的現充了嗎！」

不，所以說別人一點也不狡猾，只是園方為了吸引遊客在舉辦活動而已……

「雖然咱不想認同天邪鬼的話，但還沒開始就認輸，這是有辱於上位魅魔身分的事！咱不會這麼軟弱的哦，絕對不會哦！」

即使不提凜凜夜的固執，我們之中也有百萬千穗理這種明明不是正式社員，但玩耍起來比誰都鬥志昂然的傢伙在。

換句話說，大家分散開來行動，各自挑戰擅長的項目，已經是眼下的必然之舉。

固執地維持自身論點，一根筋走到底的凜凜夜，開始徵求挑戰各任務的勇者。

「那好，比賽的項目分別是『借物競賽』、『水上騎馬打仗』、『水槍大戰』、『泳裝選美』，你們如果覺得自己有勝算，現在就可以自告奮勇，挑選一項比賽！」

「我我我——!!」

像是早已在等待凜凜夜說出這些話那樣，暖暖陽露出迫不及待的表情，搶先舉起了手。

她熱情的態度，讓凜凜夜微微一怔，但還是看向對方。

「色情脂肪怪，妳說。」

「人家想參加『泳裝選美』！如果派人家去的話一定能——」

「駁回！我們不能浪費人力去幹這種傻事！」

暖暖陽一句話還沒說完，就被凜凜夜無情地從中截斷。

一向自負美貌的暖暖陽，頓時大怒。

「發霉海苔，妳這是什麼意思？人家去『泳裝選美』為什麼是幹傻事，難道妳覺得身為神之少女的人家，會沒辦法贏得比賽嗎!?」

暖暖陽將一手擺在頸後，一手扠在腰際，擺出模特兒展示身材的姿勢。

「看看人家沒有半點贅肉的腰、人家豐滿的胸，還有人家漂亮的臉蛋!!」

像是在炫耀那樣接連評點自己……然後，暖暖陽憤然接續發言。

「——所以，『泳裝選美』這樣的比賽，除了人家之外，這裡難道還有其他人選嗎!!」

我原本以為凜凜夜會馬上應「是」，然後開始與暖暖陽吵架。

然而，凜凜夜的反應卻出乎眾人意料。

她正視著暖暖陽的臉蛋，露出嚴肅的表情，然後同樣用很嚴肅的語氣發話。

「……不，本小姐之所以阻止妳去參加那邊的比賽，是因為有更重要的項目需要妳。」

暖暖陽聞言一怔，怒氣旋即消散大半。

「……有更重要的項目需要人家？」

「是的，那個項目非妳不可。只有妳能擔當如此重任，替笑容社爭取一場漂亮的勝利。」

聽到這裡，暖暖陽已經不生氣了。

相反的，她露出了有點飄飄然的傻笑。

「原、原來如此嗎……是有某個項目需要人家啊……那麼，是哪個項目呢？借物競賽嗎？」

面對暖暖陽的追問，凜凜夜面無表情地予以回覆。

「大猩猩模仿大賽。妳剛剛展示自己的動作挺像的。」

「————殺了妳哦，發霉海苔！在這裡就殺了妳，立刻馬上！！！！！」

用比先前高漲十倍的怒氣，一再被欺騙的暖暖陽……在園區的入口處，彷彿化身為仰天怒吼的憤怒野獸。

最終，凜凜夜與暖暖陽，誰也沒能去「泳裝選美」那邊。

吵吵鬧鬧的兩人，為了擊垮對方，一起往「水上騎馬打仗」那邊了。

「話說回來，哥哥大人……她們如果為了擊倒對方，去『水槍大戰』那邊不是更好嗎？」

詩音歪著頭提出疑問。

我苦笑著搖搖頭，示意自己也不知道。

大概，被憤怒沖昏頭腦的人，往往如此盲目吧——我得引以為戒，讓自己往後的人生，不能露出類似的破綻才行。

然後，詩音與百萬千穗理一起去了「水槍大戰」那邊，理由是因為她們想玩水槍。

這個答案很小學生，不過她們開心就好。

換句話說，在還沒參賽的人裡，我、不知火、十宮亂鳳，只剩下「借物競賽」與「泳裝選美」這兩項可以參加了。

當然，我註定只能參加「借物競賽」。因為選美什麼的，光聽就與我無關。

「那麼，就請不知火同學與老師我一起去『泳裝選美』那邊吧。」

十宮亂鳳似乎並不介意自己參加哪項比賽，說話時語氣相當隨意。

「泳裝選美嗎……真是令人苦惱啊。雖然在下曾經聽聞，有武士為了淨空思緒，會在瀑布底端進行修煉，但泳裝選美那邊，究竟能不能提供類似的環境呢……」

……不，我想無論選美的規則是怎麼樣，比賽會場都不會有瀑布出現的。

不知火奇葩的思路，讓我不禁無言。

不過，如果不知火與十宮亂鳳一起去選美比賽那邊的話，奪冠的機率應該很高吧。

雖然由身為自己人的我來說，或許有失偏頗，但她們確實都長得很漂亮……不光如此，身材也是最高等級的水準。

因此，我很難想像這兩個人一起參賽的話，會雙雙失利。

「那麼，我去『借物競賽』那邊，我們各自加油吧。」

泳裝必須抵達會場才能更換，所以我們各自分別，打算到比賽場地附近，再尋找更衣室。

於是，我向十宮亂鳳及不知火道別，沿著A路線前進。

「話說回來……不知道她們會穿什麼樣的泳裝……」

等到我這邊的比賽結束後，與大家會合，大概就可以看到其他人穿泳裝的模樣。

在學校裡，不知火、凜凜夜、暖暖陽這三位的美貌都頗負盛名，是屬於年級美少女那種等級。

至於十宮亂鳳的名氣則更加驚人，聽說會有其他縣市的學生，搭上大半天的特急電車，來到我們學校，只為了看上她一眼。

或許，十宮亂鳳「喜新厭舊的魔女」的惡名，也正是因為她那足以傾倒眾生的

麗容，隨著時日流逝才得以成形。

A路線這邊走到盡頭後，我看見了「借物競賽」的比賽會場。

說是比賽會場，但其實也就是一個被尼龍繩劃分為眾多水道的超巨大游泳池。

至少有三十條水道，看上去有點競賽泳池的意味。

而巨大泳池的終點處，有著一排又一排的觀眾席，此時觀眾席上已經坐滿了遊客。

見我靠近泳池後左右張望，一名工作人員迎上來向我搭話。

「啊、這位客人，請讓我為您解釋規則。」

我望向他。

「如果您要當參賽者的話，請到櫃檯那邊報到，並領取號碼牌。比賽的規則是從起點游泳出發，抵達終點後，觀看貼於終點的『借物項目』，依提示上岸向觀眾席的觀眾借取物品，之後再游泳返回。第一個游完全程的客人，就能獲得優勝。」

換句話說，這實質上是一場游泳比賽。

只是必須向觀眾席的客人借取物品，即使泳技稍微領先他人，如果在這個環節耽擱太久，也無法取得優勝。

報到完畢後，在工作人員的示意下，我走到位於游泳池側邊的更衣室，換上自己攜帶的泳褲。

「好久沒游泳了……希望泳技不要生疏太多……」

在換上藍色泳褲的同時，內心閃過這樣的想法。

就在這時，忽然有人「叩叩叩」地輕敲更衣室的大門。

大概，是同樣想使用更衣室的參賽者吧。

「這間有人了。」

只能請他去別間更衣室，畢竟更衣室有一整排。

可是，就在我回答過後，門外先是沉默了一下。

並沒有傳來腳步聲移動、另覓他處的聲音。

緊接著，異變突生。

在我還沒反應過來時，外面那人拉開了更衣室的門，迅速擠進原本就不算寬敞的更衣空間。

「唔呼呼……老師找到你了哦？」

來者，用又甜又膩的嗓音發出嬌笑。

十宮亂鳳。

即使閉上眼睛，光是聽聲音，也能清晰地辨別出這個闖入者的身分。

我不明白，十宮亂鳳為什麼這麼做。

可是，更衣間原本就只能容一個人勉強轉身，兩人一起擠在如此狹窄的空間內，頓時形成幾乎是身體貼著身體的姿勢。

因為我的身高比十宮亂鳳高上許多，所以她用由下往上的視線凝視著我。那張漂亮的臉蛋，此時充滿如蜜糖般的媚意。

十宮亂鳳輕笑。

「為了甩掉那個以風紀委員身分自傲的小丫頭，我可是花了不少時間呢。」

「妳做什麼？妳不是要參加『泳裝選美』那邊的比賽嗎？」

我試圖質問行為詭異的對方，因為有些不安，語氣也漸趨急促。

十宮亂鳳像是試圖要安撫我那樣，露出柔和的笑容。

「先前人家不是說過了嗎？老師我呢，想要與你獨處哦。只是這兩天二藏同學一直沒有來找我呢，明明我都已經在保健室做好準備了。」

「準備什麼？」

十宮亂鳳聽到我又發問，臉上的笑意更深了。

「……準備這個哦。」

接著，十宮亂鳳忽然拉開了白色襯衫前襟，露出深邃的乳溝與紫色胸罩。

……好大。

「……正因為二藏同學是特殊的存在，所以老師我呢，才特別……給你看的哦……？」

十宮亂鳳踮起腳尖，將嘴唇湊到我耳邊，道出如絲般的耳語。她的話聲既柔和又嬌媚，傳入耳裡時，彷彿在骨頭裡灌入了醋那樣，讓人四肢有些發軟。

見我不說話，十宮亂鳳又笑了。

「嗚呵呵……與我一起，盡情沉浸在快樂之中吧。」

語畢，她將身軀緊密地朝我貼來，原本呈現球形的胸部，頓時在我的胸口處，被擠壓成往兩旁溢出的色氣形狀。

然後，她伸出舌頭，開始在我的脖子上輕輕舔動並轉圈。

從十宮亂鳳進入更衣室後，我就一直盯著她的眼睛。

就在這時，我以雙手扳著十宮亂鳳的肩膀，讓她的身軀往後退去，稍稍遠離了我。

經過鍛鍊的男性力量，並不是十宮亂鳳可以抗衡的。

「你喜歡主動嗎?那老師也可以配……」

十宮亂鳳略帶困惑地笑了笑，顯然她開始往另一個層面進行理解。

只是，誘惑性的話語並沒有順利說完。

始終與十宮亂鳳對視的我，打斷了她的說話。

「……老師，妳可以笑一下嗎?」

十宮亂鳳一怔，然後又露出柔媚的笑容。

「人家不是一直在笑嗎？」

「不，妳沒有笑。至少妳沒有真心想要笑過。」

那是只有同為被剝奪笑容的同類，才能看出的、極為隱密的徵兆。

哪怕臉上的笑容再怎麼堆砌，可是十宮亂鳳代表靈魂之窗的眼裡，卻從來沒有過笑意。

滿是天寒地凍的荒涼——十宮亂鳳眼眸的深處，其思想的寄託之處，是不帶一絲情感、缺乏生命的死地。

也就是說，其實十宮亂鳳從未真正笑過。

這個外號為「喜新厭舊的魔女」的女人，在本質上跟暖暖陽是相同的，只是在偽裝正常人的笑容，如此而已。

因此，她是偽物。

哪怕她裝得再怎麼像，那種無法露出笑容的悲哀之意，始終限制了她的腳步，讓她無法抵達名為真實的彼端。

而帶著這樣的偽物，不斷試圖接近我，對於無法露出笑容的獨行者來說，本身就是最大的警兆。

所以，我不會上當。

哪怕十宮亂鳳確實漂亮，身材也出類拔萃，但對於退後一步就會落入萬丈深淵的獨行者而言，這不過是以蜜糖包裹的另類毒藥，是會將蒼蠅吞入的豬籠草，是獵人放置肉品的捕獸陷阱。

「老師，不好意思，我要出去了。」

向十宮亂鳳致以歉意後，我與她換了個位置，然後走出更衣室。

即使不轉過身，透過敞開的更衣室門口，我也能夠隱約感受到十宮亂鳳的視線，正盯在我的背影上。

接著，她笑了。

那笑聲，與以往聽過的都不同。

「唔呼呼……咯咯咯咯……呵呵呵呵呵──有趣，真有趣呢──嘻嘻嘻嘻……」

那是打從心底深處發出的、無法抑制的，帶著強烈病感的笑聲。

離開更衣室後，按照選手號碼，我到自己的水道前做出預備跳水的姿勢。

隨著哨聲響起，三十名選手一起躍入水中。

這個水道的直線長度，大約是兩百公尺長。

這已經是必須精通換氣、體力也足夠雄健的人，才能比較輕鬆做到的距離。

換氣方面我還算沒問題，但因為不常游泳，所以我的泳技比不上別人，可以說完全是靠踢腿時的蠻力在增加前進的速度。

好不容易游到終點時，我大約是第五個抵達的選手。我趕緊向岸邊看去，果然在自己的水道邊緣，看到一張寫著字的壓克力看板。

「向岸上的觀眾借『帶有LOVE字樣的心型吊飾』。」

這場借物比賽中，不存在現場沒有的物品。

因為在比賽開始前，工作人員就先把選手必需的物品隨機發給了岸旁的觀眾。觀眾只要把物品擺在足夠顯眼的地方，等著選手前來就可以。

所以，確認好自己的指定物品後，我開始東張西望，試圖找出心型吊飾的去處。

「那個人手上的是鴨子玩偶……那個人的是防水板……糟糕，好難找。」

因為觀眾已經坐滿了看臺，所以他們手上的物品也是五花八門，想從其中找到指定的物品，除了需要眼力之外，也包含不少運氣成分。

沿著看臺一排又一排急速搜尋，當我走到看臺的左邊時，位於不遠處的躺椅區，忽然有人出聲向我打招呼。

「哎呀哎呀……二藏同學，你在找什麼呢？」

我循聲看去。

然後看見十宮亂鳳也已經換上泳裝，她穿著極為大膽火辣的比基尼。

一般的比基尼，布料原先就已經極少，但她身上的這件，在前胸的部位開了一個O字形的大洞，將整個前乳也裸露出來。

而且因為胸部實在太大，此刻交叉著從脖子延伸而下的支撐細繩，已經被繃得死緊，似乎正在危險地承受設計用意之上的重量。

十宮亂鳳半躺在躺椅上，向我露出微妙的笑容。

「該不會……你是在找這個？」

她的手指上，輕輕轉著帶有LOVE字樣的吊飾。

——我的獲勝目標物，居然剛好在十宮亂鳳的手上!!

我原本以為這是巧合，但在猶豫之間，不經意地看見旁邊有好幾位男性工作人員，此時都色迷迷地盯著十宮亂鳳看。

……不愧是傳說中的魔女啊。

大概，她利用自己的美色，從工作人員那邊問出了不少情報，甚至都拿到了專屬我那條水道的目標物。

向我眨了眨眼，十宮亂鳳露出微笑。

雖然依舊是那種眼神很冷的微笑，可是臉上那無法掩藏的媚意，也是貨真價實。

Love

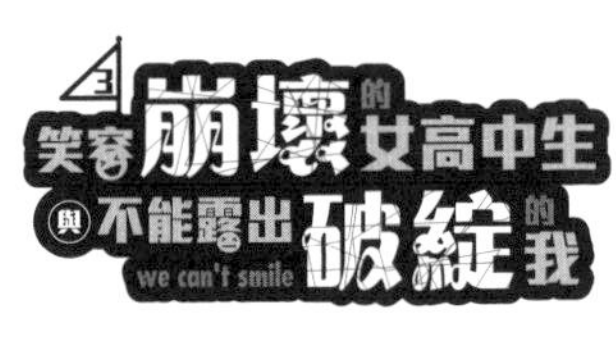

「嘻嘻，想要嗎？人家可不會輕易給你哦。」

「……老師，我們是夥伴吧？」

迫於無奈之下，我只好向十宮亂鳳曉之以理。

我們是同一個社團的人，不光如此，十宮亂鳳還是顧問老師；而且，今天是以社團活動為目的的出遊。

換句話說……於情於理，十宮亂鳳在這時候都不應該為難我。因為我們想要獲勝，雖然「打倒現充、尋求笑容」的理由有點荒謬，但總該團結一心。

聽到我這麼說，十宮亂鳳卻不以為意，她只是用嘻笑的語氣給予回應。

「呼呼呼……確實是夥伴呢。」

「那麼，請把心型吊飾給我。」

「——我不要。」

「咦？」

明明上一刻才承認自己與我是夥伴，但下一秒鐘卻又無情地拒絕了我。

十宮亂鳳挪動交疊的雙腿，改為側躺的姿勢，然後再次看向我。

「……如果是夥伴的話，剛剛就不會推開我吧？」

「呃……」

「我只是想與二藏同學打好關係，可是居然被你無情地推開了，這讓老師我很難過哦。唔嗯……難過到都無法把心型吊飾給你了。」

十宮亂鳳噘起嘴脣，裝出低落哭喪的表情。

「這……」

就在我僵住臉色時，忽然，看見十宮亂鳳轉哀為喜，露出燦爛的笑容。

「——開玩笑的，身為老師的我，怎麼可能會因為那點小事就放在心上呢？人家的胸襟呢，可是很～～廣闊的哦？來，給你。」

語畢，十宮亂鳳伸長手，將心型吊飾勾在無名指上，等著我靠近去拿。

我慢慢靠近，拿走了心型吊飾。

「嘻嘻。」

露出玩味的笑容，十宮亂鳳在我拿走心型吊飾時，忽然坐起身來，拉近我們之間的距離。

光是轉為坐起這個動作，她胸前就不停在晃動。

然後，十宮亂鳳將雙手放在胸口比基尼的圓洞前面，比出愛心的形狀。

「要加油哦，人家很看好你。」

露出期待的目光，十宮亂鳳對我嫣然一笑。

幾乎是用衝刺的動作躍入水中，我全速游回了起點。

可是，即使拚了命的加速，最後也只能拿到第三名。

雖然前三名都有紀念性的獎狀，但這個成績，凜凜夜究竟會不會滿意呢？

抱著複雜的心情，聽著工作人員用麥克風主持頒獎典禮，我開始有點擔心其他人那邊的情況了。

領完獎狀後，我思考著要先去哪個區塊與其他人會合，順便看看她們的比賽順不順利。

按常理來說，我應該要先去詩音跟百萬千穗理那邊，那邊只有兩個小孩子。

不過，「水槍大戰」的比賽區塊，原本大多數參賽者都是小孩子，考量到參賽者平均年齡較低，每一組參賽者的身邊，都有一名女性工作人員作為嚮導，這倒是暫時不用擔心。

而且詩音早已經有過工作經驗，遠比同齡的小孩還要成熟。

所以，現在最值得在意的地方，反而是不知火綾乃那裡。

原本美貌至極的十宮亂鳳，應該跟她一起去參加「泳裝選美」……這個認真過頭的風紀委員長，只要作為增添獲勝機率的戰友就可以了。

可是，現在十宮亂鳳莫名離場跑來「借物競賽」這邊，「泳裝選美」那邊就只剩下不知火綾乃了。

雖然她今天沒有攜帶竹劍，可是誰也不知道，這個心思奇怪的現代武士，會不會忽然決定主持正義，抽起泳池旁宣傳用的旗子開始斬人。

所以，我應該優先去找不知火。

正思考到這裡，忽然不遠處有人影向我這邊慢慢走來。

「啊呀啊呀……拿到了第三名嗎？很厲害哦。那麼……老師我呢，要怎麼獎勵你才好呢？」

雖然十宮亂鳳滿臉帶笑。

可是，看到她那冷漠的眼神，以及記起之前在更衣室裡發生的事，我的腳步就不由自主地開始後退。

「我……我先去別的地方看看情況。」

然後，我忍不住逃跑了。

以「二天一流．宮本武藏」作為外號縮寫的我，沒想到也有逃跑的一天。

將十宮亂鳳遙遙拋在身後，在活動通道之間疾走的我，忽然很想仰天長嘆。

用很快的速度，我抵達「泳裝選美」的比賽會場。

這裡與「借物競賽」那邊不同，只有僅及大腿處的極淺水池，但不時會有轉動的水柱，將大量水花噴灑到池內。

參賽者們必須輪流走入池中，在水池與水花的襯托下，展現出自己最美的姿勢。

這時比賽早已開始，已經有超過一半的選手上過場。

我左顧右盼，開始尋找不知火的身影。

最後，我在另一頭的滑水道水池區，找到不知火的身影。

穿著白色比基尼的不知火，此時正站在水池內，露出不安的表情。

不知道為什麼，她雖然穿著露出度很高的比基尼，但腿上還另外套了白色的絲襪。

「二、二藏閣下!!在下有事想要請教!!」

看到我走過來，不知火像是找到救星那樣，馬上眼睛放光。

不過，有事想要請教？

「什麼？」

「——二藏閣下，在下雖然對於追求笑容不感興趣，但身為武士，既然接受了凜凜夜閣下的獲勝請求，就必須全力以赴——拿出足以斬斷巨石的氣魄，來接管這場激烈比賽的勝負。」

「呃……然後呢？」

不知火的語速比平常都還要快速，明顯十分緊張。

「可是，在下的手上沒有劍。原本想要拔岸邊的旗子當作武器，卻被那邊的工作人員狠心阻止了。怎麼回事？這裡的人就算不是武士，但居然不把勝負當成一回事嗎!?」

那當然要阻止妳啊！

但看到不知火著急又緊張的樣子，我也不忍心責備她。

只是，我還是不禁提出好奇的詢問。

「呃，那為什麼妳明明穿著泳裝，腿上卻套著絲襪……？」

「……二藏閣下，在下是個武士。」

她毫不猶豫的回答，讓我無言片刻。

「好吧，我換個方式請教……武士為什麼要穿著絲襪？」

「因為在下本來想裹著纏胸布代替比基尼，這是武士的正裝。可是，那些卑劣、玩弄規則的工作人員，卻編排在下的不是，在下只好換上臨時買來的比基尼。」

「妳還是沒說到，為什麼要穿著絲襪？」

「二藏閣下，在下失去纏胸布包裹身體的緊實感後，會產生坐立難安的感覺。因此，在下必須用絲襪裹住腿部，至少尋求類似的替代感受。」

我的老天爺啊!!

每當與不知火綾乃多交談一句，我的三觀就被重複刷新一次。

這傢伙真的跟我是同年代出生的人類嗎？不……就算真的是禁刀令還沒頒布、武士滿街跑的那個年代，也不會有這麼怪的人吧!!

因為今天的目標是全區域獲勝，所以我只好在嘆口氣之後，開口勸阻。

「……可是妳穿著跟泳裝不搭的絲襪上去，不可能獲得優勝啊！就連前三名也很難!!」

其餘參賽選手，或許沒有不知火綾乃長得漂亮，因為只論長相的話，她是最高等級的美少女。

身材方面，她久經鍛鍊的緊實肉體，加上怎麼看都稱得上是巨乳的胸部，也能夠輕易贏過其餘對手。

可是，選美比賽如果用最寫實、最通俗的方式來說明的話——想要獲勝的人，必須懂得賣弄姿色。

也就是搔首弄姿。

不知火綾乃即使有再怎麼優秀的條件，但她不懂得賣弄姿色，而且還穿著不合時宜的絲襪，這讓她的勝算一口氣降到最低點。

「妳看！前面那些人，幾乎每個都拿了裁判團的高分，妳光是穿著絲襪上去，大概就先扣一半的分數了。」

我向比賽區域的選手們指去，希望不知火能理解我的說話，並及時醒悟。

不知火先是一怔，露出困惑的表情。

接著，她認真地看向比賽區域的選手，看著她們擺出各式各樣的展示動作。

盯～

盯盯盯～～～～～～～

一分鐘過後，在過程中不斷思考的不知火，忽然露出恍然大悟的表情。

「——在下明白了！二藏閣下，在下理解閣下的意思了！」

「明白了嗎？」

不知火綾乃用力點頭，然後對我道出她的理解。

「……如果在下只能拿到一半的分數的話，大約會有二十三位選手贏過我。換句話說，在下只要將分數更高的人盡數砍倒，那麼——在下就是唯一的勝利者!!」

「勝利者妳個大頭鬼啊!!」

就算平常沉穩如我，也不禁失聲驚喊。

我是真的因為意外而驚嚇。

……這個毫無常識的傢伙，該不會才是笑容社裡最怪的那一位？

我原本以為暖暖陽、凜凜夜，或是百萬千穗理已經夠怪了……可是，這傢伙居然於此刻輕易顛覆我的認知，簡直就是怪人之中的翹楚，可謂王中之王。

「大會播報：請不知火選手進入比賽區域……請不知火選手進入比賽區域。」

比賽主持人透過麥克風放大的聲響，迴盪於周遭。

「……終於輪到在下了，放心吧，二藏閣下，在下必定不辱使命。」

正因為是妳，所以我才擔心啊……

我從來沒有如此一刻，覺得其他人如此可靠過。

即使不提搔首弄姿大概跟吃飯喝水一樣自然的十宮亂鳳……無論是身為辣妹的暖暖陽，又或對自身容貌極為自信的凜凜夜，來這裡參賽勝算都更高吧。

但是既然事到臨頭，在騎虎難下的此刻，我也只能作為旁觀者，擔憂地望著不知火踏入比賽區域。

她依舊沒有脫掉絲襪，就這樣走到了水池的正中心。

裁判團與四周無數觀眾，紛紛睜大眼睛望著不知火，想看她會怎麼展示自己。

然後，我看見不知火慢慢高舉雙手。

不，那並非單純的高舉雙手，而是雙手虛握，擺出了握劍的動作。

也就是劍道中，上段斬的架式。

接著，不知火瞳孔慢慢凝縮。她雖然踏在水中並沒有動彈，可是其身上不斷凝聚而起的氣勢，卻讓水池內以她為中心，掀起了一圈又一圈的波濤。

然後，在不知火身上的氣勢達到最高點的那一瞬間。

「不知火流奧義・無刀兩化・破浪極意斬!!」

她就這樣將不存在的刀刃，空揮而下。

然後，水池內「轟」一聲產生了強烈的空壓，那空壓狠狠向水池拍下，以不知火為起始，將池水硬生生從中分為了兩半。

大量原先在池內的池水，被空壓擠出之後，用強烈的力道朝著四周襲去。

然後拍暈了評審團，以及一大群在旁邊觀看的參賽者。

「不、不得了了，評審團以及其餘參賽者都暈倒了——!!」

主持人透過麥克風傳出的驚叫聲，在場地內四處迴盪。

而在水池中央的不知火，深深吸了一口氣後，似乎又要揮出第二劍。

「不知火選手，請妳住手!!請妳住手!!再這樣下去場地要被妳打壞了！我們今天才開幕，請放過我們吧！」

主持人接連呼喊數次，終於讓原先聚精會神的不知火，慢慢回過神來。

依然維持即將揮劍的動作，被阻止劍勢的不知火，不滿地蹙起眉頭。

「可是，在下已經答應了自己的夥伴，必定會贏得選美比賽的優勝。」

主持人望著不知火的表情，緊張地嚥了口口水。

大概，他打從心底不明白，為什麼選美比賽會有人跑來空手揮劍，而且還揮得破壞力十足。

而且，這樣的傢伙，居然還口口聲聲說自己要贏得選美比賽的優勝？這還是選美比賽嗎？

眼看主持人不說話，不知火揮劍的動作馬上繼續。

「不知火流奧義‧無刀兩化——」

主持人聞言，馬上臉色發白，又透過麥克風發出大吼。

「等等等等等等等!!請住手，不知火選手……不，那個……不知火大人，請原諒準備不周的我們吧！是妳贏了，這場選美比賽，是您一個人獨得勝利!!」

「真的嗎？」

不知火一怔。

「當然是真的！」

主持人趕緊說道。

「這樣啊……那在下就放心了，在下……果然不辱使命。」

如果不知火像普通人一樣能笑的話，此時大概會開心地露出笑容吧。

可是，即使如此，不知火依舊露出了安心的表情。

在我無言的注視中，不知火從全身顫抖的主持人手上接過最優勝的獎狀，接著緩步向我走來。

「……二藏閣下，在下已完成了自己的使命，沒有辱沒身為武士的風範。」

「呃……啊……恭喜？」

我不知道該不該道賀……可是，認為自己展現出風範的不知火，明顯心情還不錯。

「那麼，一起去看看凜凜夜閣下與暖暖陽閣下那邊的情況吧。」

不知火這麼說之後，率先走在前方帶路。

我趕緊跟上。

兩人並肩走著，走著……

走到一半，不知火像是想起了什麼，忽然有點不自在地輕咳一聲。

「話說回來……在下在參賽前還相當緊張，但最後幸好奪得了選美比賽的優勝。」

「呃……」

不知火一邊走，一邊點頭替自己做了結論。

「身為武人，得對自身有清晰深刻的認知——這麼說來，在下的美色，或許比自己想像中的還要優秀。」

「……——！！！！」

沉默地走在不知火身邊，雖然我很想大吼「給我清醒過來!!」這樣的實話，但看到不知火的好心情，最後還是勉強忍耐下來。

接著。

我與不知火來到「騎馬打仗」的區域。

像普通的騎馬打仗一樣，規則是由一個人在下面當馬，而上面的人則是進行對決的主力。

在只到大腿處的極淺水池中，每次會有不同組數的隊伍上場，先咬中懸掛於場中央的紅豆麵包的隊伍，就可以獲得勝利。

暖暖陽跟凜凜夜在剛剛似乎已經連贏了三場比賽，正在等待最後的決賽開始。

暖暖陽穿著帶蕾絲綴邊的比基尼，她的比基尼雖然沒有十宮亂鳳那套露出度那麼誇張，但依舊將胸前擠出了極深的乳溝。

而較為保守的凜凜夜，則是在比基尼外面，加穿了一件防水外套。

看到我與不知火走來，凜凜夜首先開口詢問。

「怎麼樣？你們那邊的比賽如何了？」

不知火露出嚴肅的表情，並且用比表情還嚴肅的語氣發話。

「……在下靠著極致的美色，奪來了這張最優勝獎狀。」

聽到不知火的形容方式，我的嘴角忍不住開始抽搐，但還是忍耐不語。

凜凜夜沒有注意到我的表情變化，接過獎狀細看，驚喜地開口讚賞。

「咦!!幹得好!!」

「……在下，幸不辱命。」

相較於兩人一來一去的交談，暖暖陽卻露出懷疑的表情。

大概，原本想參加選美比賽的暖暖陽，至今依舊耿耿於懷吧。

於是，暖暖陽如此詢問。

「那個……妳是怎麼贏的啊？」

「……在下說過了，是靠著極致的美色贏的。」

聽到不知火的答覆，我的嘴角再次抽搐。

暖暖陽卻不放棄，繼續追問。

「具體來說是什麼樣的？比賽的過程呢？」

「……在下登場之後，按照二藏閣下的指點，像其他選手一樣擺出自認為最有魅力的姿勢，然後就贏了。」

「——這樣啊。真不甘心……本來應該是身為神之少女的人家去那邊拿下最優勝的!!」

「是的，既然在下能夠獲勝，身為辣妹的暖暖陽閣下，想必也能獲得足以讓主持人求饒的大勝。」

「等等、主持人為什麼會向妳求饒啦!那邊到底發生了什麼!!」

在又一次的沉默中，我只能露出無奈的苦笑。

終於，「水上騎馬打仗」的決賽開始了。

暖暖陽與凜凜夜的對手，是兩名戴著眼鏡，身上不斷散發殺氣的成年女性。

作為參加最終決戰的強力隊伍，她們剛踏入水池，就引起觀眾陣陣歡呼。

在那歡呼聲中，她們露出堅決的表情。

「我們一定要贏下比賽，平常在公司就已經過得夠慘了，至少在這裡要贏個過癮。」

「——說得沒錯!!」

從對方的交談中聽來，似乎是同一間公司的職員，趁著放假來這邊宣洩壓力。

在水池的周遭有觀眾席，許多觀眾也聽見了她們的對話，紛紛發言跟著起鬨。

「不愧是『眼鏡隊』，說得好！給那兩個小鬼見識一下大人的智慧!!」

「為了社畜最後的顏面，妳們絕對不能輸!!」

哇啊……在觀眾中占了一半比例的社會人士，都壓倒性地支持似乎被稱為「眼鏡隊」的兩名成年女性。

再來，暖暖陽跟凜凜夜也跟著登場。

她們登場時，也同樣受到觀眾的熱情歡呼。

「是『不動明王』隊!!我賭她們能贏過眼鏡隊!!」

「上啊，『不動明王隊』，用妳們恐怖的表情震懾對手吧!!」

雖然是很受歡迎……可是，不動明王是怎麼回事？

因為來得遲了，我與不知火只能坐在偏僻的看臺上觀戰。

正巧附近也坐著一個看似很閒的鬍碴大叔，於是我向他詢問情況。

「請問剛剛其他人提到的『不動明王』是怎麼回事？」

「——啊啊，小夥子，你沒看剛剛的比賽嗎？那兩個小女孩呢，在開場的眾多隊伍混戰中……在露出猙獰的表情互相吵架的同時，一邊幹掉了所有對手。因為表情實在太過恐怖，就像寺廟中的明王像一樣，所以被觀眾這樣稱呼。」

理解緣由後，我不禁汗顏。

到底是多扭曲的表情，才能被稱為不動明王啊……

不過，聯想到她們平常的笑容，在某種程度上，我也能夠理解觀眾這樣取名的緣由。

眼鏡隊的兩名成年女性，在進入水池後，一上一下，迅速合體組成騎馬打仗的戰陣。

但暖暖陽跟凜凜夜踏入水池後，卻額頭抵著額頭，立刻產生了爭執。

「色情脂肪怪，這次輪到妳當馬了吧!?」

「呿，不是早就說過了嗎！身為神之少女的人家怎麼能當馬，妳有見過膽敢踐踏神明的信徒嗎！」

「如果打算阻礙本小姐咬麵包，本小姐連神也踢飛給妳看!!還有，本小姐根本不是妳的信徒好嗎！」

「哼……區區的發霉海苔居然這麼驕傲！就算妳不是信徒，從戰術層面來說，人家在上面的勝算也比較高吧？所以妳應該當馬！」

「胡說八道，妳那臃腫肥胖的身軀，是最適合當馬駝負物品的存在，妳不當馬誰當馬!?」

「誰臃腫肥胖了啊？現在穿著泳裝不是一目了然嗎？除了胸部之外，人家其他部位有哪裡的肉比妳還多？」

「醜惡內心的部分。」

「吵死了，妳這發霉海苔才醜惡，妳全身上下都醜惡!!」

「呶呶呶呶呶——」

「嗯哼哼哼哼——」

見兩人額頭抵著額頭，爭執不下——臺上的觀眾，見狀更是熱情高漲。

「帥啊！不愧是不動明王隊，在開賽前就露出了有如明王像般的臉孔！」

「就連對隊友都能露出如此可怕的表情，難以想像她們對敵時會有多麼威猛強悍!!」

剛剛向我解釋「不動明王隊」名稱由來的鬍碴大叔，這時候忽然轉頭向我看來。他開口向我詢問。

「話說回來，剛剛我好像看到你們在與『不動明王隊』的選手交談啊……你們是朋友嗎？」

「呃……嗚——」

我剛想回答，但卻有一隻手忽然從旁邊伸來，摀住了我的嘴巴。

不知火一邊遮擋我的嘴巴，沉著臉對鬍碴大叔說出「抱歉，在下失陪了」之後，就拉著我坐到遠處沒人的地方。

為什麼拉我來這裡？

我疑惑地看向不知火，但不知火卻低垂臉孔，露出痛心疾首的表情。

「……凜凜夜與暖暖陽閣下，居然無視規章，在眾人面前不斷爭執，導致園方用心準備的廝殺戰於此刻化為鬧劇……露出如此醜態，這一切都是修行與覺悟不足的證明……身為武士與風紀委員長的在下，簡直羞於與她們為伍。」

「呃……所以妳是覺得她們干擾了比賽，讓比賽無法正常進行？」

「是的，無規矩不成方圓，若是在下的話，萬萬不會做出此事。」

「……」

我看了不知火至今依然穿在腿上的絲襪，又看看她剛剛入手的最優勝獎狀，沉默片刻後，選擇轉開目光。

這時，比賽水池中，凜凜夜與暖暖陽漫長的爭執，終於產生了結果。

兩人在眾目睽睽之下猜拳，結果是凜凜夜輸了。

猜贏的暖暖陽高興到跳了起來，對觀眾們轉圈比出ＹＡ的手勢，還一邊說著「七花暖暖陽大勝利〜〜〜」這樣雀躍話語。

「……夥伴，我們還真的是被小瞧了呢。」

「是啊，看來我們得讓對面那兩個乳臭未乾的小鬼，領教一下大人世界的殘酷。」

「眼鏡隊」的兩名大人，於此時用食指輕推眼鏡，鏡片下的雙目露出了駭人的光芒。

終於，凜凜夜在下面當馬，暖暖陽騎了上去，兩人結成比賽戰陣。

然後，她們與眼鏡隊的成員面對面而立，雙方相距不到一百公分。

而用繩索從上方懸吊下來的紅豆麵包，此時就懸掛在兩隊正中間。

只要咬到一口就能獲勝，雙方盯著紅豆麵包，都是躍躍欲試。

「喂，小鬼們，雖然妳們仗著年輕一路闖到這裡，但遇上我們『眼鏡隊』，也就到此為止了。眼鏡隊所創下的榮光，不會在這裡熄滅。」

在下方的眼鏡隊成員，瞪著暖暖陽與凜凜夜，如此述說。

……原來妳們還真的以被稱為眼鏡隊為榮，平常的工作壓力到底有多大啊……

她們或許想要藉著殺氣震懾兩個年輕的JK……可是，凜凜夜與暖暖陽的表情沒有絲毫動搖。

「歐巴桑，別擋住本小姐追求笑容的道路。現在讓開的話，本小姐還可以選擇原諒妳。」

「噗噗噗……也太拚命了吧～～妳們居然在身為神之少女的人家面前提『榮光』這兩個字？搞笑死了！」

她們的回語，讓眼鏡隊成員臉上殺氣更加狂烈。

在上面當馬的女性，彎腰與自己的夥伴相互擊掌。

「——夥伴，擊垮她們!!讓她們領教一下大人的厲害!!」

「──沒錯，讓她們領教一下年過三十後、因新陳代謝下降導致腰部產生贅肉的大人的怨念!!」

聽見兩邊隊伍的交談，場邊的歡呼聲更加熱情澎湃。

就連主持人都跟著起鬨。

「不得了、不得了、不得了──兩邊的選手互不相讓，這場『水上騎馬大戰』，究竟是經驗豐富的『眼鏡隊』能擊敗敵手，還是年輕力壯的『不動明王隊』能傲視群雄，讓我們接著看下去！」

終於，主持人開始進行比賽的倒數計時。

「三、二、一……比賽開始!!」

在比賽開始的瞬間，眼鏡隊當馬的成員，立刻彎腰用手潑起大片池水，用池水遮擋暖暖陽的視線。

「看招，這遮蔽視線的無數水花，就是我的怨念!!」

「妳的怨念未免也太多了吧！」

高聲回話的凜凜夜也學她的招數，撈起池水向位於上方的敵人潑去。

但是，遭受水花攻擊的眼鏡隊成員，卻在這時露出了輕蔑的笑容。

「小鬼們，妳們的人生經驗，就跟妳們身上的贅肉一樣少。聽好了，我這可是防水眼鏡，是為了對付妳們，一直隱藏到現在的必殺武器!!」

配戴防水眼鏡的她，果然視線絲毫不受影響。

趁著暖暖陽還在恢復視線的空檔，她指揮夥伴走到紅豆麵包下方，抬頭向紅豆麵包咬去。

眼看她就要獲得勝利。

「別想得逞！」

可是，就在這時，暖暖陽及時恢復過來，趕緊配合凜凜夜的腳步，伸長脖子，用頭搥朝著麵包用力撞去。

紅豆麵包被頭搥撞個正著，在空中四處擺蕩，導致眼鏡隊成員一口咬空。

在事前主持人的介紹中，「水上騎馬打仗」是不允許用手來干擾敵人的，當然也不允許咬人，所以這已經是暖暖陽能夠做到的極限。

凜凜夜在比賽前，也曾經向我補充說明——雖然不允許用手，但遊走於規則的邊緣，一路廝殺到現在的隊伍，似乎都掌握了某項訣竅。

所謂的訣竅，就是用上方成員的身體往前頂住對手，讓對手無法接近紅豆麵包。

雖然會演變為類似雙方角力的拉鋸戰，但如果是年輕力壯的一方，在僵持過後就會取得極大優勢。

暖暖陽現在也善用了這項技巧，她配合凜凜夜往前的動作，將身體前傾，阻止敵人搶占有利地位。

但經驗老到的眼鏡隊，當然也不會任由敵人為所欲為。

眼鏡隊底下當馬的成員巧妙移動腳步，避開了與敵人直接碰撞。

「——就是現在!!」

可是，凜凜夜彷彿早已料到了這點，她也跟著移動腳步，這是非常高端的行動預判，看起來簡直就像眼鏡隊主動朝對手撞上去似的。

在已經無法收勢的情況下，兩邊的隊伍頂住對方，開始角力。

「哼哼哼哼哼——」

這是暖暖陽漲紅著臉，與敵人角力的怒喊聲。

「啊啊啊啊啊——」

這是眼鏡隊成員不甘心的怒吼聲。

僵持大約十秒後，眼鏡隊的成員體力逐漸不支，擔任馬的成員終於後退一步。

就在對方後退的瞬間。

邁向勝利的王座．能夠咬到紅豆麵包的最佳地點，已經被凜凜夜所搶占。

「色情脂肪怪，快，就是現在!!」

在凜凜夜急切的呼喊聲中，全場觀眾緊張地屏息以待，所有人的視線都聚焦於暖暖陽身上。

此時，紅豆麵包就在暖暖陽的頭上不遠處，只要抬高臉面，就能輕鬆咬到紅豆

麵包。

只要咬中，就能奪得最優勝。

「……？」

可是，此時出乎旁觀者的意料。

不知道為什麼，暖暖陽雖然抬頭了，卻沒有咬向紅豆麵包。

她甚至都沒有看向紅豆麵包，而是望著什麼都不存在的空處，就這樣陷入遲疑中。

在那遲疑之中，暖暖陽的表情又夾雜了幾絲茫然。

「快點咬啊!!笨蛋!!」

在凜凜夜氣急敗壞的呼喊聲中，眼鏡隊已經恢復過來，重新調整架式的她們，再次向敵人襲去。

凜凜夜見狀，催促的話語滿是緊張。

「快點快點，她們又過來了！」

聽見凜凜夜的呼喊，暖暖陽終於有了動作。

她抬頭咬向某個位置，但卻徹底落空，嘴巴至少離紅豆麵包還有十公分遠。

眼鏡隊見狀，紛紛發出冷笑。

「哼……我們真的是被小看了呢，夥伴。」

「沒錯。在戰場上對敵人手下留情，就是對自己最大的殘忍！夥伴，趁現在賭上一切，使用那招吧！」

眼鏡隊用巧妙的步伐繞過了凜凜夜的阻擋，這次凜凜夜沒能反應過來。

接著，在上方的選手居然脫離了底下的馬，凌空跳了起來。

「——眼鏡奧義‧凌空紅豆咬!!」

她跳起的曲線，在空中劃出一道優美的弧度，然後在經過紅豆麵包時，扭頭咬了紅豆麵包一口。

……咬中了。

帶著嘴裡的紅豆麵包，眼鏡隊成員像水鳥一樣張開雙手，穩穩地降落在水池中。

「是窩們獲勝了!!啊——!!窩們贏了!!」

然後，她高舉雙手，向環顧四面的觀眾們，發出含糊不清的勝利怒吼。

觀眾們也紛紛以歡呼回應。

「不愧是眼鏡隊!!居然敢在最後一刻，使用那種賭上一切的禁招……如果沒咬中，落地就算輸了啊！」

「厲害啊眼鏡隊!!」

「眼鏡隊——」

「眼鏡隊！眼鏡隊！眼鏡隊！眼鏡隊！眼鏡隊！眼鏡隊！眼鏡隊！眼鏡隊！眼鏡

隊！眼鏡隊！」

響成一片的慶賀聲，為此刻水池中的王者而發。

在那熱烈至極的慶賀聲中，主持人拿出最優勝獎狀，頒發給了眼鏡隊。

接著，他又把優勝獎狀給予凜凜夜與暖暖陽。

雖然是第二名，但凜凜夜卻雙手抱胸，一副不爽的模樣。

而暖暖陽則低著頭，露出相當沮喪的表情。

頒獎完畢後，我與不知火朝著她們走去，雙方終於會合。

「本小姐早就瞭解色情脂肪怪很沒用，但沒想到沒用到這個地步。」

翻了個白眼，凜凜夜的語氣充滿嫌棄。

「嗚嗚……對不起啦。」

知道自己錯失了勝機，暖暖陽一反平常的驕傲態度，向凜凜夜低頭道歉。

並且，她試探性地想要做出補償。

「那個……發霉海苔，人家之後請妳吃一個月的冰淇淋？」

「不需要!!」

「還是把發霉去掉，人家叫妳海苔就好？」

「妳究竟是想道歉，還是想惹火本小姐!!」

聽著兩人的爭執吵鬧聲，我不禁無語。真的是什麼時候都能吵啊……

或許，這就是獨屬於兩人的相處模式吧。

在這時候，不遠處另一條通道入口，忽然有人走來。

「啊……一藏同學，你在這裡。嘻嘻……其他同學也在呢。」

十宮亂鳳笑著向大家打招呼。

仔細一看，她身後不知何時，跟了一大群滿臉猶豫的男人，似乎想上前向十宮亂鳳搭訕，但又不敢。

他們視線盯著我看了片刻，大概是察覺有其他男人同行，於是一哄而散。

終於，笑容社成員在入口分開後，現在已經到齊了大半。

大家所得到的成績，如果進行統整的話是這樣子——不知火取得第一，凜凜夜組取得第二，而我則拿下第三。

每一個區域都有數十組人馬在進行比賽，能次次進入前三，其實已經是很不容易的事。

大概是想明白了這點，凜凜夜呼出一口長氣，似乎怒氣稍減。

「……算了，也還可以吧。至少那些現充，現在已經知道本小姐的厲害了。」

「確實呢，在下也藉此知曉了自身美色之極限。甚至都拿下了『泳裝選美』的最優勝獎。」

不知火也點頭答覆。

聽到她誇耀自己的美色，凜凜夜、暖暖陽，以及十宮亂鳳都盯著她看。

「「「……」」」

三人低頭看看自己，捏了捏自己找不出一絲贅肉的腰際，似乎想說些什麼，但對方取得最優勝的事實擺在眼前，最後只能沉默不語。

唯一知道真相的我，忍不住無奈地聳了聳肩。

為了與最後兩名社員會合，大家一起往最後「水槍大戰」的區域移動。

我跟在大家的後面走，但走到一半，忽然有人放慢腳步，與我並肩而行。

是十宮亂鳳。

她將手擋在嘴巴前面，用只有我能聽見的聲量，對我發話。

「……二藏同學，剛剛的騎馬打仗比賽，似乎很有趣呢。」

「嗯。」

對方突如其來的話題，讓我不知如何接續，只能簡短地點頭回應。

十宮亂鳳將身體貼得更靠近我，然後再次發話。

「……那麼，你想玩嗎？」

「什麼？」

「二藏同學，你也想玩騎馬打仗嗎？」

對方第二次強調語意，讓我聽懂了她的意思。

坦白說，不是很想玩。

因為獨行者是孤獨的，必須與他人配合的遊戲，可以說一點勝算也沒有。

就在我打算搖頭說「不想玩」的時候，十宮亂鳳卻忽然舔了舔嘴脣。

並且，她繼續用只有我能聽見的耳語，道出又甜又膩的話聲。

「……來玩嘛，下次趁保健室沒人的時候，你來找人家。」

一邊如此述說，十宮亂鳳在我耳邊輕輕吐氣。

「……你來騎，人家當馬。」

「——!!」

哪怕明知對方在刻意誘惑我，但這樣的話語乍入耳中，依舊使得心臟快速怦怦直跳。

即使以獨行者面對世事的毅力，我也忍不住感到臉上燒紅。

察覺我的失態，十宮亂鳳瞇起眼，趁勢追擊。

「唔呼呼……來嘛，人家很渴望你的溫度哦。」

用幾乎細不可聞的細嗚聲，說完惡魔般的誘惑之語後，十宮亂鳳就遠離了我，裝出若無其事的樣子觀看風景。

而前面的凜凜夜，也剛好在這時回過頭，看了看我與十宮亂鳳後，沒有察覺異樣，旋即又轉開視線。

……可惡。

我掐了掐自己的臉頰。

對於自己剛剛的動搖，以那疼痛作為銘刻，我深切地反省。

……身為獨行者的我，絕對不能輸給誘惑。

……因為，如果踏錯一步，缺乏人際關係作為轉圜餘地的我，將重重摔倒在地……在人生之道上，傷得再也爬不起身。

所以，我必須更加謹慎才行。

走了一陣子，眾人來到「水槍大戰」區域。

這裡的水池比先前任何一處都更淺，只到小腿位置而已。水面上漂浮著無數彩球與玩具小鴨，充滿著幼兒特有的童趣。

從很遠的地方，就能聽見遠處傳來小孩的嬉鬧聲，無數把不同顏色的水槍瞄準

彼此，激起四濺的水花。

大概是為了照顧小孩，此處的工作人員遠比其他區域要多，他們疲於奔命的模樣，與小孩樂不可支的笑顏，形成了強烈對比。

啊啊……雖然還沒到那個歲數，可是看到眼前的情景，我忽然有點能理解剛剛「眼鏡隊」的心情了。

對了，詩音在哪裡呢？

我左右張望。

然後看見不遠處，有個彩球特別多的水池區域，穿著兒童款式比基尼的詩音，正瑟縮起肩膀警戒周遭，似乎在提防著什麼。

而在她的後方，身上套著藍色死庫水的百萬千穗理，則鬼鬼祟祟地朝她靠近。

在確認詩音無法逃脫後，百萬千穗理發出「哇」一聲大叫，從側邊抱住了詩音。

「詩音內、好可愛哦，詩音內最可愛了——咱終於找到汝了，剛剛已經說好只要被咱找到，詩音內就答應咱的求婚對吧⁉」

一邊拚命用臉頰磨蹭對方，露出一副發情模樣的百萬千穗理，此時看起來真的很像變態。

如果她不是可愛的幼女，大概就會被工作人員抓走吧。

而被纏住的詩音不斷掙扎。

理

「我才沒說！沒有說！」

「可是，詩音內的心聲是那樣說的！」

詩音一聽之下，整張臉厭惡地皺了起來。

「少胡說了，除了哥哥大人之外的人，怎麼可能與詩音心靈相通！快點放開我！」

「欸嘿嘿，是魅魔的天賦能力哦？身為魅魔的咱，能夠聽見喜歡的人的心聲，也是理所當然的事吧！」

這傢伙為了貼近詩音，還真是無所不用其極啊……在旁邊聽見她們交談的笑容社眾人，不禁無言。

不過，這個區域的勝負該怎麼分出呢？環目四顧，所有小孩似乎都只是隨興地玩耍。

一個工作人員在此時走過來，向我們解釋。

「啊、這個區域，只要小孩子願意下水玩耍，就會頒發給他們最優勝的獎狀哦。也就是說，所有參賽者都是贏家。」

原來如此。

果然還是小孩子的世界最為單純，為了不打擊小孩子的信心，所以這個區塊才會被賦予這種能皆大歡喜的規則吧。

從工作人員後續的解釋中，我們瞭解到，只要廣播裡播出的音樂停止，活動就算結束了，工作人員就會開始頒發獎狀。

這時候，詩音發現了站在遠處的我們。

畢竟在幾乎都是小孩的池子裡，站著一群高中生，我們本來就是極為顯眼的目標。

「哥哥大人——!!詩音在這裡，在這裡哦~~!!」

露出欣喜表情，詩音向我們這邊跑過來。

而百萬千穗理也緊隨其後。

兩名幼女與我們會合之後——忽然，我發現身周的夥伴們露出異樣的目光。

嗯？

仔細看去，她們都注視著百萬千穗理。

百萬千穗理疑惑地歪了歪頭，低頭看了看自己的死庫水，拉了拉因溼潤而緊貼身體的衣身，但卻沒有發現異樣。

「怎麼了?為什麼一直看著咱？」

「那個……該怎麼說？」

凜凜夜用懷疑的目光，在猶豫中選擇著措辭。

「妳為什麼穿著死庫水?那是學校游泳課用的泳裝吧？」

「……咱穿著死庫水很奇怪嗎？咱很喜歡這套泳裝哦。」

百萬千穗理眨了眨眼，眼中更顯困惑。

凜凜夜乾咳了一聲。

「不……完全可以，就妳的年齡來說很正常，正常到不行。」

這時，同樣露出奇異表情的暖暖陽，接過她的話語。

「──但是!!就是因為太正常了，所以反而顯得很奇怪啦!!人家跟發霉海苔剛剛在走來的路上還在猜測，那個平常穿著魅魔裝的傢伙，到底會穿著什麼泳裝，還打賭了耶！」

「嘖，雖然很不想認同色情脂肪怪的話，但確實如此……按照妳那奇怪的穿衣風格，不是應該貼著三條ＯＫ繃就直接上場之類的嗎！」

初聞凜凜夜、暖暖陽兩人對於自己的猜測，百萬千穗理臉上的表情起初是困惑；聽到了後面，理解對方內心的想法後，那困惑逐漸轉為極度的震驚。

甚至吃驚到水槍落到了水池裡，不由自主地雙手掩面。

「──汝等到底把咱當成什麼樣的變態啊!?咱可不會做出那種事哦，絕對不會做出那種事哦!!雖然咱是魅魔，但同時也是高貴的淑女，怎麼能像淫蕩的人類女性一樣，隨隨便便穿著有失矜持的比基尼？」

她居然把穿著比基尼的女性，稱為淫蕩的人類女性。

此刻，在場的笑容社眾人，除了我這個男生之外，詩音、凜凜夜、暖暖陽、不知火、十宮亂鳳五人，全都穿著比基尼。

也就是說，百萬千穗理這是一口氣在向所有人宣戰。

果然，自尊心很高的凜凜夜馬上皺眉，試圖提出反駁。

「等等、妳平常的魅魔服，布料比比基尼更少吧!!」

「那是魅魔一族的制式服裝，魅魔穿著魅魔服，就跟人類穿普通衣服一樣正常，怎麼能混為一談!!擅自把咱誤會成那樣的淫蕩女性，咱可不會輕易原諒汝哦，絕對不會原諒汝哦！」

聞言，凜凜夜一怔，久久無法言語。

聽到了這裡，我終於漸漸理解百萬千穗理對於穿著的衡量標準。

平常穿著露出度超高，幾乎什麼也遮不住的魅魔服↓因為是魅魔所以ＯＫ！到了泳池裡，反而穿著布料超多的死庫水↓咱不是淫蕩的女性，所以比基尼絕對不行！

這到底是什麼樣的奇葩理解啊！

此刻，凜凜夜嘴角正在不斷抽搐，她內心有某處的價值觀，似乎也於此刻正在崩塌。

等嘴角的抽搐平息後，仍不死心的她，又試圖發出反擊。

「——話說回來，妳最喜歡的詩音也穿著比基尼吧！這又怎麼說？」

「詩音內是天使，與人類是不一樣的。天使不管做什麼事都是對的，哪怕今天詩音內只貼著三條OK繃就上場，那也是對的。」

「我、我才不會只貼著三條OK繃就上場!!妳不要亂講話！」

在詩音羞憤的喊聲中，眾人默默閉上了嘴巴。

算了，還是不要與這個自稱魅魔的幼女多做辯駁，否則總感覺大腦負責認知處理的某處，會漸漸變得奇怪。

就連不知火也盯著百萬千穗理，眼露奇異。

「居然自認是魅魔嗎……真令在下大開眼界，這種擁有自我認知癖好的人……沒想到真的存在啊……」

眾人向不知火望去，看了看她之後，又再次陷入群體沉默。

不知火並沒有發現這點，她只是將手掌放在下巴摩挲，擺出思考的神色。

「如果真的是魅魔的話，面對那種魔幻的存在，身為武士的在下，能不能以手中之劍進行抗衡呢……真令人苦惱啊，看來回去得多加修行了。」

「「「「…………………」」」」

在眾人難堪的沉默中，水槍大戰這個區塊，終於也迎來了結局之時。

詩音與百萬千穗理，順利領到了最優勝獎。

這時候，雖然還只是下午，但如果算上返程的時間，也該回家了。

於是，換回原本的衣服後，我們沿著來時的通道，走出了園區。

於園區外，眾人進行最後的集合，彼此道別。

作為社長的凜凜夜，如同剛開始那樣，開始向大家做結尾的演說。

「——今天為了擊敗現充、藉此追求笑容的『逃獄計畫』，整體而言還算順利，至少我們在每個區域都奪得了優勝以上的榮耀。」

看了看大家後，凜凜夜繼續說下去。

「——所以，今天的行動圓滿達成。為了慶祝離追求笑容的目標又更進一步，身為社長的本小姐有個提議。」

凜凜夜看了暖暖陽一眼。

「——像是色情脂肪怪在下午猜拳後所做的那樣，我建議將每個人的『共犯代號』加上『大勝利』，在喊的時候一起跳到半空中。例如本小姐的話，就是喊出『十九凜凜夜——大勝利』!!」

「這是推特上那些現充最喜歡做的事情吧？類似於海邊跳起的大合照。哼哼……發霉海苔，妳該不會是羨慕她們吧？」

暖暖陽識破了凜凜夜的模仿企劃，露出詭異的笑容，如此揶揄。

而凜凜夜則瞬間滿臉漲紅。

「——囉、囉唆！本小姐怎麼可能羨慕那些傢伙，怎麼可能羨慕那些傢伙看起來好像很多朋友!!說、說穿了這只是為了讓社團活動、為了讓逃獄的行為有個圓滿的結尾而已，妳可不要搞錯了!!」

凜凜夜用機關槍似的語速一口氣說完這一大段話，但這時她發覺大家都盯著她看，那種帶著審視的眼神，很快超越她的心理承受限度。

於是，她滿臉通紅地，在快要轉為深色的橘黃夕陽中，發出悲憤的喊聲。

「——煩死了、煩死了、煩死了！你們不要用那種眼神盯著本小姐看啦!!不准不准不准，本小姐都說不准了！」

當然，讓凜凜夜真的惱羞成怒也不太好，畢竟她還是名義上的社長。

而且，她在這方面很小氣。

所以，大多數人還是決定依言而行。

在凜凜夜的示意下，我們將各自的手機設定為自動拍攝放在遠處。一共七隻手機，從不同的角度進行取景，就連由下往上的角度也沒有遺漏。

接著，笑容社眾人開始移動，試圖圍成一個圓圈。

先由我、凜凜夜、暖暖陽、詩音、百萬千穗理，共同圍成了大半個圓圈的樣子。

圓圈缺少的部分，需要由剩下的兩人來補齊。

這時，只剩下不知火與十宮亂鳳站在稍遠處，她們看向圈圈的缺口，露出意外的表情。

不知火皺起眉。

「在下早已聲明過，自己不會追求笑容——幫助你們奪取最優勝，也不過是基於武士的道義，所以——」

不知火試圖辯解的話聲，被暖暖陽小跑步牽起手的動作打斷。

「好了啦，快點過來！」

扯著不知火的手，暖暖陽將其拉到空缺的圓圈處。

身為組成圓圈的一部分，在此時，不知火看了看眾人，露出有些複雜的表情。

補上不知火後，圓圈的空位就只剩下了一角。

眾人看向仍站著不動的十宮亂鳳。

十宮亂鳳滿臉帶笑，輕輕搖了搖頭。

「哎呀哎呀……人家也要嗎？放過我吧，身為老師的我呢，與學生一起做這個動作的話，嘻嘻……該怎麼說？有點奇怪吧。」

雖然她尋找藉口試圖推託，可是，暖暖陽依然沒有放過她。

暖暖陽扯著十宮亂鳳的手補上最後的空位，十宮亂鳳無奈地笑了笑。

她的眼神，此時依舊很冷。

但她也沒有再行抗拒之言，只是默默地待在圈子中，不說話了。

所有人都到齊後，圈子終於圓滿。

接著，一直在計算手機自動拍攝時間的凜凜夜，發出招呼的聲音。

「預備——

「數到三之後，先一起喊出自己的共犯代號，然後在喊出『大勝利』的同時跳到半空中！來，一，二、三——」

幾乎是同一瞬間，笑容社的眾人，拖著長音，喊出了自己的共犯代號。

「二天一流・宮本武藏——」

「七花暖暖陽——」

「十九凜凜夜——」

「橡、橡皮筋武士——」

「……魔女——」

「美幼女偵探・小詩音——」

「超絕可愛・純潔小魅魔——」

然後，在自動拍攝的手機發出拍照閃光的瞬間，眾人也一起跳到半空中。

「「「「「「「————大勝利！！！！！！！！」」」」」」」

笑容社正式成立以來，第一次的大型社團活動，在閃光燈的耀眼光芒中，終於落下了帷幕。

第七章　七花暖暖陽・大危機

夜晚。

在家裡，我與詩音窩在客廳裡看電視。

無聊的節目換來換去都相差不多，其實到了後來，也只是圖個家裡有聲音的熱鬧氣氛。

跟我一樣在滑手機的詩音，先盯著手機看了半天，最後露出煩惱的表情趴在桌上，側臉向我看來。

「我說，哥哥大人。」

「什麼？」

「詩音一定要加入這個ＬＩＮＥ群組嗎？」

「呃……如果妳不願意的話，也沒有關係，凜凜夜那邊我會替妳說。」

笑容社的LINE群組，成立了。

雖然一起共同成立LINE群組，很像朋友之間特有的行為……但以凜凜夜那邊的方式來形容的話，就是「這並非是朋友之間無聊用來溝通的管道，而是共犯為了逃獄而準備的犯案工具」。

因此，為了逃離「不能笑」的牢獄，凜凜夜要求笑容社每個人都必須加入群組。

詩音聽了我的回答後，猶豫片刻。

「不……如果會讓哥哥大人為難的話，那詩音還是加入吧。」

「妳有什麼不想加入的理由嗎？」

「那個叫做百萬千穗理的傢伙……如果我加入群組的話，她就會知道我的帳號了。」

從群組裡可以瀏覽各成員的帳號，詩音就這麼怕被她發現啊……

「妳很討厭她嗎？」

雖然百萬千穗理很黏人，但似乎並沒有對詩音做出不好的事。當然，如果她的穿著打扮正常一點，那就更好了。

詩音搖了搖頭。

「也不算討厭……但是，她總是纏著我嚷著『結婚、咱要跟詩音內結婚』這樣的話，詩音不知道該怎麼回應。」

「這樣啊……」

「因為，詩音將來是要跟哥哥大人結婚的，如果又跟她結婚的話，不就犯下重婚罪了嗎？」

「咳、咳咳……」

詩音的回答讓我不禁岔氣。

這傢伙也真是……

我挪開在手機上的視線，向詩音看去。

詩音依舊側趴在桌上，但卻大大睜著眼睛望著我。與我的視線對上後，頓時露出可愛的笑容。

「畢竟詩音的肉體已經先跟哥哥大人結婚了，之後不舉辦結婚典禮也不行呢。」

「——不要開那種會害我被警察抓走的玩笑啦！」

「咯咯……」

詩音笑得很開心。

在之前，詩音是不會開這種玩笑的。

但是，最近在接觸百萬千穗理之後，我終於知道詩音這些玩笑，究竟是從誰那裡學來的了。

那個總是自稱魅魔的幼女，雖然沒有惡意，但確實把一些奇怪的思想灌輸給了詩音。

這怎麼行呢？原本像天使一樣純潔、可愛、無瑕的詩音，如果有一天也穿著奇怪的ＣＯＳＰＩＡＹ服裝，在路上到處跑來跑去，我的心臟受不了那種刺激。

啊啊……這種心情，難道就是傳說中的「發現孩子進入青春期、性格有所變化」的老父親感受嗎？

但是，最後詩音還是加入了笑容社的群組。

這樣的行為，究竟是對是錯呢？

因為有些煩惱，所以隔天，我在燒肉店打工時，利用休息時的空檔，我與剛好來後門這裡的八王子前輩商量。

如同神明一樣的八王子前輩，即使是這種複雜的心路歷程，也能夠輕易剖析吧。

我們像之前一樣坐在冰涼的石階上。

八王子前輩今天穿著深藍色的西裝，聽完前因後果後，他忍不住失笑。

「放心吧，小九，會有這樣的想法，其實很正常哦。」

「很正常嗎？」

「是的，就算是我，在看到小九你從『我要獨自一人對抗世界』那種孤僻想法的人，慢慢變成能與朋友之間一起去泳池樂園、甚至創立ＬＩＮＥ群組的健全高中生，也忍不住鬆了一口氣呢。」

「呃……」

我可沒有那麼中二。

而且，我與笑容社的其他成員，也並非朋友。如同凜凜夜在創立群組時所聲明的——充其量只是為了逃獄而互相幫助的共犯，如此而已。

可是，主張人與人之間的關係，以及真正的強大——是「守護珍視之物的溫柔」的八王子前輩，肯定不會認同我此時的話吧。

「小九，你該不會又在心裡想：『我與那些傢伙不算是朋友』之類的吧？」

見我沉默不語，八王子前輩側頭向我看來。

啊、居然被看穿了。

我有點不知所措，但八王子前輩這時忽然伸出手搭住我的肩膀，露出好看的笑容。

「放心吧，每個人都有過迷惘、不知道該怎麼前進的時候。但只要不迷失自我，時間自然會給出答案。她們究竟是不是你的朋友，慢慢的，你會明白的。」

「謝謝你，八王子前輩。」

「你也可以做一個假想：如果你現在是十年後的自己，回首曾經的現在，對於『失去現有的這段關係』，你會不會感到可惜呢？如果會的話……」

言語及此，八王子前輩的話聲漸低。

他沒有把話說完，但那複雜的語氣，已經道明了一切。

因為八王子前輩是整家店的支柱，他不能離開營業區域太久……因此不久後，八王子前輩先離開了。

於夜晚裡，坐在冰冷的石階上，我默默思索著八王子前輩剛剛的話。

……是啊。

如果我現在已經二十多歲，回首十年前現在的自己，對於失去現有的這段關係，會不會感到可惜呢？

思及此，我的腦海裡一一閃過凜凜夜、暖暖陽、不知火、詩音、百萬千穗理、十宮亂鳳等人的臉孔。

然後，我打開群組裡共有的圖片，又看了看去泳池樂園那天，最後大家一起拍攝的照片。

「「「「「「大勝利～～～～～～！！！！！」」」」」」

只是看著照片，當時眾人歡呼雀躍的聲音，就彷彿又重現於耳邊。

想著、想著，我不禁嘆了口氣。

這時，我的休息時間也結束了。

預備休息的平頭前輩來與我換班，這是店裡一個人很不錯的前輩。

他手裡拿著大碗的燒肉飯到後門的石階上坐下，在與我擦身而過時，隨意地與我閒聊了幾句。

「話說回來，小九，最近店裡是不是很多人感冒啊？」

「感冒？」

「垃圾桶裡的藥袋，越來越多了。」

我一怔之後，搖了搖頭，表示自己並不清楚。

將這件瑣事拋諸腦後，我將精力重新投入忙碌的打工中。

新的一個禮拜，到來了。

星期一，許多學生最討厭的上學日子。

因為送報紙導致上學快要遲到的詩音，在嘴裡咬著吐司，一邊奔跑出門了。

而練完劍的我，也匆匆收拾好上課用的物品。

但就在我要出門時，忽然口袋裡的手機傳來震動與提示音。

聽提示音，似乎是ＬＩＮＥ有新的消息。

我打開ＬＩＮＥ查看，發現是暖暖陽傳來訊息。

優花：「不好了、不好了，二藏同學，人家有急事要找你幫忙!!這是人家一輩子一次的請求，請你一定要答應!!」

優花是暖暖陽的本名，她在這之前，從來沒有私訊過我。

可是，究竟是什麼事情呢？

二藏：「什麼事情？」

優花：「沒有時間告訴你了，拜託了，趕緊來橫川町四丁目的花店前面！」

暖暖陽打完這句話後，傳了一張胖胖貓吉跪在地上懇求的貼圖。

……似乎真的很緊急呢。

橫川町四丁目的花店啊……距離這裡大概一公里吧。

拿起書包，鎖上家門，我全速往目的地狂奔。

因為平常有在鍛鍊，一公里的距離，我不到三分鐘時間就跑完。

「呼……呼……呼……」

即使如此，在停下的時候，我依舊有些氣喘。

暖暖陽在尚未開門的花店前，探頭探腦地望著街道，看到我過來，她立刻雙眼發亮。

「二藏同學、這邊，這邊!!」

我向暖暖陽走近。

這時我注意到她的手上，拿著一個沒裝東西的牛皮紙袋。

「有什麼急事？」

「那、那個……其實是這樣的!!其實人家已經跟那些辣妹朋友們約好了，現在要一起去四丁目小巷裡，最近推特超紅的隱藏咖啡店裡聚會。」

暖暖陽語速很急，明顯很趕時間。

「在這個時間碰面？去喝咖啡？」

我聽到這裡，忍不住拿出手機看看時間，今天是星期一必須上學，這時候其實都已經快要遲到了。

暖暖陽伸出食指向我解釋。

「在辣妹的七大原則裡，每天都準時去上學是超遜超爛的行為喔！一個禮拜至少要遲到三天才可以，每次不能少於一個小時！」

「……呃。」

好吧，我確實不懂。

「那妳有什麼地方需要幫忙？是錢的問題嗎？話先說在前頭，我可是很窮的……」

哪怕翻遍全身上下，我也湊不出一百塊錢。

即使勤奮地打工，但作為交換詩音的代價，我每個月都必須付給詩音的父親一大筆錢，導致經濟上相當困難。

「不是啦！人家有錢！二藏同學，你聽我說——」

用很快的速度，暖暖陽將事情的始末告訴我。

原來辣妹團體們，在今天除了自己聚會之外，也說好了要帶「自己的男朋友」參加聚會。

因為是一個月前就決定好的事情，直到昨天晚上暖暖陽還在找各種理由推託，但這次是有史以來最大的危機——煙燻鮭魚與糰子徹底聯手，死死咬住了暖暖陽的弱點，讓她無法再次逃避。

因為大家都說好會帶上男朋友，如果只有暖暖陽自己一個人去的話，她過去所有的謊言就會被一口氣揭穿，也會因此失去在辣妹團體中的地位。

最嚴重的情況下，這種長期欺騙夥伴的行為，會讓暖暖陽被趕出辣妹團體。

「呃……那就離開那種團體不就好了嗎？」

一個禮拜至少必須遲到三天，這究竟是什麼奇怪的群體潛規則。

可是，暖暖陽聞言，卻用力搖頭。

「不行、不行，絕對不行——人家想要當受歡迎的辣妹，一定要當!!」

經過這段時日的相處，我很清楚，暖暖陽並不適合擔任辣妹。

雖然我不熟辣妹團體的運作，但像暖暖陽這種只是打扮入時、但骨子裡其實很清純的女生，怎麼想都是裡面的異類。

在與男性有些微肢體觸碰的情況下，暖暖陽容易臉紅的情況，甚至比凜凜夜與不知火還要嚴重。

可是，不知為何……一直以來，暖暖陽對於身為辣妹的堅持，超乎他人的意料。哪怕現在也是，她堅決地守住了「要繼續擔任辣妹」的底線，用很堅定的表情望著我，一步也不肯退讓。

既然她如此固執，我也只能無奈地點頭。

「好吧……我明白了。那我要怎麼幫妳？」

「人家已經跟那些辣妹朋友說好了，今天人家也會帶男朋友去，所以就由二藏你來假扮人家的男朋友吧！」

「由我來假扮——!?」

我嚇了一跳。

「——怎麼可能，面對面的話，不是一下子就會被看穿嗎？」

此言非虛。

之前在LINE上面，暖暖陽傳虛假的「男朋友合照」到辣妹群組裡，僅僅是肢體上有些微破綻，對方就像嗅到鮮血氣息的鬣狗一樣撲上撕咬，絲毫不肯留情。

所以，面對面的情況下，根本就不可能瞞過。

「哼哼……放心吧，身為神之少女、聰慧無比的人家，早就已經想好辦法了！」

暖暖陽向我展示她手中的牛皮紙袋。

「二藏同學你把這個牛皮紙袋套在頭上——紙袋上已經提前挖好了可以讓眼睛露出的洞，你用這個牛皮紙袋遮住自己的臉，這樣就可以了！」

聞言，我嚇了一大跳。

暖暖陽居然想用這麼拙劣的手段來瞞天過海？

「怎麼可能啦！套著牛皮紙袋的怪人出現，怎麼看怎麼可疑吧！」

只是，暖暖陽的表情卻十分認真。

「不用擔心，人家已經提前告訴她們這件事了。我對她們說：『因為我的男朋友是已經與超級偶像藝人公司簽約的美男子藝人，不能在這時候被粉絲認出傳出緋聞，才會套著牛皮紙袋掩飾自己。』」

已經與超級偶像藝人公司簽約的美男子藝人？我要假扮這種傢伙？光是想像，我的嘴脣就忍不住開始顫抖。

但暖暖陽的話還沒說完。

「——沒錯，而且你還是從小出國深造的天才留學生，現在已經完成了哈佛大學的學位——並且、家裡有市值七百多億美元的電子晶片產業等著你繼承——然後，你曾經被大聯盟的教練看上，以十年來最有潛力的明星棒球選手進行培訓——以及，地下有以你為教主來成立的祕密大型宗教，信徒大約有兩百萬人那麼多——」

每當暖暖陽多說一句形容，我瞪大的眼睛就越來越凸……聽到了最後，我感覺自己看起來就像一隻金魚。

暖暖陽看到我的樣子後，有點不滿地吹氣鼓起臉頰。

「……喂，二藏同學，你是在跟我開玩笑嗎？已經沒時間了耶，你為什麼露出這種表情？」

「——妳才是在跟我開玩笑吧!?我像是那種驚天動地、跺一跺腳就能嚇死人的大人物嗎？」

暖暖陽撇過頭去，哼了一聲。

「……所以要你假裝嘛。怎麼就不懂人家的苦心呢？」

「我要怎麼假裝啊!?那種跟神一樣的人物，世上能有人裝出十分之一像嗎!?」

「……哪有辦法!!人家有苦衷啊。」

暖暖陽又不滿地吹氣鼓起臉頰。

苦衷？

就在我以為暖暖陽真的有什麼苦衷的時候，她卻用話語無情地打碎我的想像。

「——因為，身為神之少女的人家，正在交往中的男朋友是這個樣子，也很合乎情理吧。」

「……再見，我先去上學了。」

眼看我拿起書包就要轉身走人，暖暖陽急忙向我撲來。

她抱住我的手臂不斷搖晃，著急的模樣像是差點哭出來。

「拜託啦、拜託啦，二藏同學，人家現在就只有你能依靠了!!人家之後會給你報酬的啦！」

「什麼報酬？」

我無法想像究竟什麼樣的報酬，才能匹配那一大堆只能用恐怖來形容的頭銜。

暖暖陽剛剛那句話彷彿只是隨口而說，但聽到我發問，她思考了一下。

然後又思考了一下。

她似乎真的有在仔細考慮，難道說……我能拿到意料之外的豐富報酬嗎？

最後，暖暖陽閉起單眼，向我眨了眨另一邊的眼睛。

「……人家真的跟你交往的話怎麼樣？」

「我回去了。」

「等等等等等等，不要走啦！不要放棄人家啦!!」

暖暖陽又抱住了我的手臂，阻止我轉身的動作。

「……」

駐足於原地後，我沉默片刻。

半回過頭，我看到暖暖陽依舊是那種因為謊言快要被揭穿、因此快要哭出來的

表情。

這傢伙……

如果是以前的我，那個在進入笑容社之前的我，肯定不會再繼續浪費時間吧。因為獨行者是孤獨的。如果將精力用於幫助他人，很有可能在獨自前進的人生歷程中，遇到無法攀越的高山，因為疲憊而產生原先不該有的失誤，就此摔得粉身碎骨。

可是，現在暖暖陽……是我在笑容社中，所結識的共犯。

而且，不久之前，我還與她一起去泳池樂園，為了奪得優勝共同努力，付出汗水拚搏過。

我又想起在群組中「大勝利」的那張相片，相片中……沒有人笑得比暖暖陽更加燦爛。

相較起來，她現在快要哭出來的表情，真的很難看啊。

最終，嘆了口氣之後，我還是心軟了。

我接過暖暖陽手中的牛皮紙袋，然後套到頭上。

「……走吧，那家咖啡店在哪裡？」

位於橫川町四丁目小巷深處的咖啡店，是一家叫做「綠意之森」的祕密店家。

外表雖然看起來並不起眼，但走進去就會發現別有洞天，店裡像森林一樣種著各式天然樹木，而每一區的座位都是類似大型樹洞般的存在，足以坐下十人有餘。

就連桌子也是整塊檜木直接雕成的原木桌，可以說在雅致之餘，又盡顯氣派。

當然，因為是推特上有名的店家，就算現在還是一大清早，店裡依舊坐滿了客人……甚至店外還有不少人正在苦苦排隊。

不過，暖暖陽她們似乎早已經在一個月前就預訂好位置，所以我們繞過排隊的人群，直接走進店裡。

頭上套著牛皮紙袋，只露出雙眼的我，可以說是相當引人注目。

不管走到哪裡都被別人盯著直看，恐怕要過一陣子後，我才能習慣那種目光吧。

「啊、就在前面，我們到了！」

位於店內的角落，一個大樹洞裡，糰子、小動物、煙燻鮭魚三人都已經到了，而她們三人身旁各自坐著一位頭髮染得五顏六色、一看就是小混混的年輕男性。

走近到能聽見話聲的範圍後，暖暖陽舉手向她們打招呼。

「呀呵——人家來了哦！」

糰子與煙燻鮭魚立刻開口抱怨。

「優花，妳也太慢了吧！」

「就是啊！不是早就約好時間了嗎？」

暖暖陽大概是早就已經想好對策，立刻挽住我的手臂，裝出情侶的模樣。

「欸嘿嘿……畢竟人家的男朋友很忙嘛。我想跟他一起來。」

說完這句話後，暖暖陽帶著我，一起在稍微遠離三人的地方坐下。

辣妹團體的第三人・小動物，這時用好奇的目光盯著我看。

「……你就是優花的男朋友嗎？還真的戴著牛皮紙袋來了呢。」

啊、話題忽然就帶到我身上了。

因為我戴著頭套的模樣相當顯眼，再加上小動物這一提起，頓時所有人都盯著我看。

大概是糰子男朋友的小混混Ａ，盯著我看了許久後，忽然發問。

「那個，聽說你前幾天與重量級世界拳王在小巷裡相遇，兩人互看不爽打起架來，打了三回合後，一拳把世界拳王打暈了過去？」

「咳咳咳!!」

我忍不住轉過頭，瞪了暖暖陽一眼。

與重量級世界拳王打架是怎麼回事！我剛剛可沒聽妳這麼說！

大概是煙燻鮭魚男朋友的小混混B，也用帶著畏懼的語氣發話。

「……我聽說的是，他上個月擔任阿拉伯石油王的保鏢，在沙漠城市中與三十位武裝傭兵展開死戰，纏鬥三天三夜後將他們一一逮捕，自己甚至毫髮無傷。」

「咳咳咳咳咳!!」

在我急促的咳嗽聲之下，暖暖陽乾笑著出面解釋。

「啊哈哈、啊哈哈……那個……對哦！好像是這樣沒錯!!」

——沒錯個大頭鬼啊！

——暖暖陽這傢伙!!她大概連自己曾經吹噓過什麼都忘了吧！

不過，這些傢伙居然會輕信這麼離譜的謊言。

該說他們太過相信暖暖陽嗎？還是說，他們原本就是屬於特別好騙的那種人呢……

「……我不信!!這麼誇張的事情，你們居然相信這個戴著牛皮紙袋、渾身上下都莫名其妙的傢伙可以辦到!?」

小動物的混混男朋友，似乎是這個團體裡的智商擔當，他露出充滿懷疑的眼神向我看來。

喔喔……糟糕了！這個群體裡居然有正常人！

因為不知道他的名字，我只能在心裡簡稱他為「小動物混混」。至於另外兩個，就順便稱為「糰子混混」跟「煙燻鮭魚混混」。

小動物混混盯著我猛看，眼神越來越銳利。

然後，他將手伸入了口袋中。

「告訴你吧，我在這附近最知名的事蹟。」

最知名的事蹟？

語畢，小動物混混從口袋裡掏出了一顆看起來熟到快要爛掉的蘋果。

「──聽好了！如果是我的話，可以單手捏爆這種熟到快要爛掉的蘋果，我的握力在附近這一帶，甚至被冠以『橫川町握力之鬼』的美稱！」

從稱號中聽來，這傢伙好像還是住附近的當地人，我不禁無語。

但是，然後呢？你可以單手捏爆熟到快要爛掉的蘋果，那又怎麼樣呢？

小動物混混用雙眼快要噴出火來的敵視目光，狠狠瞪著我，終於將心中所想徹底吐露。

「所以，如果你真的那麼厲害的話，應該能在握力上贏過我吧！我們來較量握力，你敢嗎？雙方死握對方的手，誰先叫痛誰就輸了！」

呃……

見我發愣，小動物混混趁勢追擊。

「我再強調一次，我的外號是『橫川町握力之鬼』，是外人難以想像的硬漢，在這之前從來沒有在握力較量中輸過，連一次也沒有叫過痛！」

我還沒想好該怎麼回話，糰子混混跟煙燻鮭魚混混馬上跟著起鬨。

「喔喔喔！好耶，『橫川町握力之鬼』，成為我們的驕傲上吧！」

「不愧是『橫川町握力之鬼』，居然連這個恐怖的男人都敢挑戰！」

被同伴們這麼吹捧，小動物混混馬上仰起鼻子，露出得意的表情。

這傢伙難道真的很厲害？

我又驚又疑，但情況演變到這個地步，已經由不得我拒絕。

如果拒絕的話，這個巨大的疑點就會成為破口，讓真相露餡。

所以，迫於無奈之下，我只好伸出右手，同樣與小動物混混的右手相握。

接著，由其他兩名混混擔任裁判，開始了倒數計時。

「數到三就開始用力，一、二、三——!!」

「去死吧——優花是我的才對!!」

在數到「三」的時候，小動物混混在拚命用力的瞬間，似乎也無意中說出某些很不得了的內心話。

……我終於理解，這傢伙為什麼這麼敵視我。

小動物混混在拚命使力的同時，臉與脖子都漲得通紅。

「喝啊啊啊啊啊——看我的『橫川町握力之鬼』之鬼之握！」

你是在繞口令嗎！

而且沒想到，只是單純比較握力，這傢伙居然還研發出了招式名。

但是。

「？」

對方雖然拚盡全力握過來了，我卻沒有感受到多強的力量。

……只有我力量的兩成……不，一成嗎？

思及對方響亮的名號，感受到這點，我不禁又驚又疑。

難道說，對方是打算等我鬆懈的瞬間，再加力進行反擊嗎？

……不可不防，先保留實力，觀察一下情況吧。

這是獨行者，為了實現「無破綻人生」的必要謹慎。

「喝啊啊啊啊啊——看我的『橫川町握力之鬼』之鬼之握・改!!」

像超級賽亞人變身那樣，小動物混混染成五顏六色的頭髮，用力到甚至都豎了起來。

與此同時，他還幫自己的招式增添了一個「改」，確實聽起來更加威風。

可是。

「？」

這傢伙的力量還是很弱……好像因為力竭的關係，現在只有我的零點五成了。

在這時，我已經確信自己的力量比他更強——因為那種咬牙切齒拚命想要擠出更多力量的模樣，是沒辦法偽裝的。

於是，我的手上稍微追加力道。

「呃啊啊啊啊啊啊啊啊啊——————！！！！」

旋即，橫川町握力之鬼發出了慘叫。

在他慘叫時，整間咖啡店的人，都向這邊望了過來。

為了不引起太多人注目，我只好放鬆握力，看著小動物混混像觸電一樣飛速縮回了手。

糰子混混跟煙燻鮭魚混混，在這時露出震驚的表情。

「……怎麼可能，他居然連『橫川町握力之鬼』都能打敗!?」

「啊啊……只能說不愧是這個男人嗎？從這點來推斷，他曾經在工地發生意外時，徒手接住超過十噸的鋼筋水泥，這個傳聞也並非虛假。」

而遭到我打敗的小動物混混，則露出複雜的表情。

「……是我輸了，優花就讓給你吧，看來只有你配得上她。」

喂，先不說暖暖陽根本不是你的，你現在旁邊坐著你的女朋友耶，這種發言真的妥當嗎？

朝著窗外看去，小動物混混臉上的複雜，很快轉為回憶往昔的唏噓之色。

「還有，既然我輸了……『橫川町握力之鬼』的稱號就讓給你吧。今後，你可以向別人吹噓這件事……讓其成為你那眾多傳說中的極致，與無比的精采……」

我才不要！什麼「橫川町握力之鬼」啊，根本弱爆了!!

此時，三名小混混的女朋友，也就是糰子、小動物、煙燻鮭魚這三人，也紛紛露出震驚的表情。

「優花，妳的男朋友好厲害！」

「對了，他是真的有腹肌嗎？」

從剛剛開始就一直在旁觀發愣的暖暖陽，聽見辣妹朋友的問話，終於回過神來。

「呃……應該有吧。」

暖暖陽伸手過來，掀起我的制服上衣，露出腹部。

腹肌的話，因為每天進行鍛鍊，我確實是有的。

「咦——!!騙人，好壯喔！」

小動物用手遮住嘴巴，如此發出驚呼。

煙燻鮭魚見狀，身體馬上前傾，露出期待的表情。

「吶，你身材不錯嘛。要跟我們一起玩嗎？我們三個可以一起陪你哦。」

玩？

正當我考慮該怎麼回答的時候，坐在我旁邊的暖暖陽，忽然用手肘用力頂我的腹部。

然後，她將嘴脣貼近我，用只有我聽得見的耳語快速說話。

「……笨蛋！不要答應！辣妹之間所謂的『玩』，跟你想像的不一樣！」

但暖暖陽耳語的動作，當然也被對面的煙燻鮭魚等人給看見了。

「咦？優花妳是在阻止他嗎？欸～～真小氣，妳只想自己獨享對吧！就算是男朋友，借給我們一次兩次也沒關係吧！」

呃，借一次兩次也沒關係？

辣妹的觀點，實在是顛覆我的認知。

而且，不知道是我剛剛繼承「橫川町握力之鬼」名號的原因，還是這個圈子這樣本來就是常態，旁聽的三名小混混居然也沒人有所表示。

此時，糰子勾了勾自己學生制服的上衣，繼續發言勸誘。

「就是說啊。那個……優花的男朋友，你聽我說，我騎乘位還是挺行的哦？真的不考慮一下嗎？」

她的發言漸趨露骨。

而暖暖陽聽到這裡，終於忍耐不住。

「等等、等等，人家是不會借給妳們的哦？不是小氣，而是身為神之少女的人

家，本來就沒有義務要跟妳們共享吧？」

喔喔！暖暖陽居然在同樣身為辣妹的夥伴面前，也自稱神之少女。

話說回來，暖暖陽原本就是這群辣妹裡的領頭人物。

不過，因為糰子與煙燻鮭魚聯手想要推翻她、加上暖暖陽平常在我面前的表現一直很遜，所以即使暖暖陽一再提及，我還是會下意識忽略這點。

可是，所謂的領頭人物，本來就是團體中，發言影響力最強的那一位。

在男朋友奪得「橫川町握力之鬼」稱號的此刻，藉此使辣妹團體領袖的地位再次鞏固，暖暖陽又重新恢復了威信。

因此，此時她就算自稱神之少女，從上位者的角度發言，其他人也未曾提出異議。

看到暖暖陽的態度轉為強勢，糰子、煙燻鮭魚、小動物三人都有些不滿，在哼了一聲之後，還是默默忍受了下來。

「不好意思，各位客人，這是你們點的招牌咖啡。」

此時，從走道爬上樹洞的服務生，用托盤送上八杯咖啡給我們。

似乎煙燻鮭魚等人，早已經在進店時就已經替每個人先點了招牌咖啡。歷經中途一系列插曲，咖啡才終於泡好送上。

這家店的招牌咖啡，在推特上似乎很有名。

煙燻鮭魚等人紛紛拿起咖啡，稍微吹涼之後，開始品嘗。

當我看到暖暖陽也開始喝咖啡後，我盯著自己面前、正在不斷冒煙的咖啡，忽然意識到某件事。

我該怎麼喝咖啡呢？

……我現在，頭上可是戴著牛皮紙袋。

但是，我又不能把牛皮紙袋拿下來，因為在之前暖暖陽胡謅的眾多頭銜裡，有超級偶像美男子這種傳聞。

如果我長得跟八王子前輩一樣的話，大概也就沒問題了。

可是，長相普通的我，只要一拿下頭套，那樣的傳聞馬上就會被證實是謊言。

一個謊言，本來就需要無數個謊言去圓；反過來說的話，也可以認為一個謊言被戳破，那無數的附加謊言也會跟著幻滅。

——如果「超級偶像美男子」傳聞被戳破的話，我進店至今的努力，就會付諸流水吧。

換句話說，現在的我，正陷入——

拿下頭套　↓　被揭穿！

不拿下頭套　↓　被懷疑之後揭穿！

——正陷入這樣的無解死循環!!

那麼，我該怎麼辦呢？

隨著時間逐漸流逝，在大家都喝過招牌咖啡後，已經有人露出懷疑的眼神，盯著我面前根本沒動過的咖啡。

完蛋了。

……已經是騎虎拿下。

……完全是進退兩難。

遭受許多懷疑眼光注視，在堪稱絕境的此刻——忽然之間，我的腦海中有閃電般的靈感竄過。

於是，我將招牌咖啡在桌上挪動位置，放在自己的正前方。

然後，我伸出雙手，像是靈媒正試圖觸摸水晶球那樣，從兩邊罩住咖啡不斷散發出來的熱氣。

「原來如此……原來如此……我已經嘗到味道了……嘗到味道了……居然是這樣的味道嗎……」

辣妹三人組跟她們的男朋友們，起初盯著我看，不明所以。

但很快的，其中有一個人像是理解了什麼，露出無法置信的神情。

「難道說……——!!」

首先有所猜測的人，是剛剛才把「橫川町握力之鬼」名號輸給我的小動物混混。

「難道說，『地下有以你為教主來成立的祕密大型宗教，信徒有兩百萬人那麼多』那個傳聞也是真的──!?而你，現在正在使用身為教主的那份神祕力量嗎!?」

「什、什麼意思？聽起來好像很厲害的樣子！」

搞不清楚狀況的糰子混混，此時驚愕地追問。

而小動物混混則繼續解釋。

「愚蠢！你到現在還沒發現嗎？他明明只用手去感受咖啡的熱氣，居然能夠品嘗到味道!!這已經是神蹟等級的展現，是超越『橫川町握力之鬼』這個極致傳說的，傳說中的傳說啊!!」

一邊順便吹捧自己的前稱號，說到後來，小動物混混的聲音已經開始發顫。

而我的聲音與其相反，越來越是深沉與縹緲。

「……沒錯……我品嘗到了……這杯咖啡的味道……」

雖然同樣驚愕無比，但糰子混混在這方面，明顯不像小動物混混那樣信任我。

於是，糰子混混提出尖銳的質詢。

「是真的嗎？那你說說看是什麼味道。」

聞言，我繼續發出深沉縹緲的話聲。

「……是帶有……許多層次感的味道……沒錯……略帶苦澀感……還有些許牛奶

的甜味……以及……月桂葉的香氣混在最深處……」

糰子混混聞言，又喝了自己的招牌咖啡一口，思考片刻後，頓時發出驚叫。

「——居然說得分毫不差!!你究竟還能夠展現出什麼樣的奇蹟，你究竟是什麼樣的……傳奇人物!!」

剛剛還在質疑的他，親眼見證這樣的神蹟展現後，表情變了又變……

最後，他雙手合十，表情虔誠地開始對我參拜。

「嗯……唔嗯。」

坐在我身旁的暖暖陽，表情有些不自然地、從喉嚨發出這樣的聲響。

她的視線不由自主地向我的腿部瞄去。

此時，我的大腿上正放著一支智慧型手機。手機上的畫面，停留在推特上別的客人喝過招牌咖啡後的心得與感想。

「教主，請一定要讓我入教！」

「我也要！」

「啊、我也是!!」

見識我展現出的神蹟後，三個小混混爭先恐後地說道。

「……莫慌。」

最後，我以虛無縹緲的語氣，替今天的神蹟立下結論。

「只要有緣，道路自在前方。」

辣妹團體之間的聚會，終於結束了。

我與暖暖陽兩人，向辣妹三人組還有她們的男朋友道別後，啟程前往學校上課。

暖暖陽吐出一口氣，露出如釋重負的表情。

「呼……總算蒙混過去了。」

「確實。」

我簡短地回應。

不過，總覺得是那些人太好騙了。一般人才不會這樣被蒙混過去吧！

「只是，沒想到二藏同學你的臨場反應還挺快的呢。」

「因為我是獨行者。」

獨行者是不被允許失敗的，今天這種程度的臨機應變，不過是為了生存而進化出的本能，如此而已。

這時候再去學校上課，其實已經遲到了兩節課。

「只是，人家有點好奇……之後要怎麼稱呼二藏同學你呢？」

「什麼意思？」

「你不是多了一個『橫川町握力之鬼』的名號嗎？」

「別再提這件事了啦！」

這麼羞恥與中二的名字，怎麼可能適合我二藏。

只是，在看到我慌忙拒絕的表情後，暖暖陽忍不住捧著肚子大笑出聲。

「啊哈哈哈哈哈哈──」

那笑聲很清脆，且悅耳。

且，不知道為什麼，我總覺得暖暖陽這次笑起來時，比往常都更加可愛。

這時因為已經錯開交通尖峰時刻，路上已經看不見學生與上班族。

在空無一人的街道上，我們兩人抬頭望著碧空如洗的藍天，心情彷彿被那湛藍所洗滌了一樣，感到無比的寧靜與祥和。

在那藍天之下，原本走在前方的暖暖陽單腳駐地，旋轉了一圈之後，轉身面向我。

她將雙手背在背後，微微彎下腰──用由下往上的，那種特別令男性心動的視角向我看來。

然後，暖暖陽嘴角勾起俏皮的弧度。

「二藏同學……你剛剛有發現嗎？」

「發現什麼？」

暖暖陽指了指自己的臉頰。

然後，在碧藍的晴空下——

她露出了我一輩子以來，所看過的最美笑容。

最後。

她笑著對我說出，含帶誠摯情感的話語。

「人家呢，已經成功逃獄了哦。」

第八章　週末之前・風起雲湧

「人家呢，已經成功逃獄了哦。」

在空曠的街道上，暖暖陽的話聲，清晰地傳入我的耳中。

所謂的逃獄，就是能夠露出真心的笑容。

「雖然只有剛剛那一次……可是，人家確實能夠露出笑容了——那個，該怎麼說……真的很感謝你，如果不是二藏同學的話，人家肯定沒辦法這麼快就成功。」

暖暖陽紅著臉，慢慢低下頭。

沉默片刻後，我發問。

「妳現在也能夠正常露出笑容嗎？」

「人家試試。」

暖暖陽嘗試了一下，結果又露出了帶著色情感的崩壞笑容。

暖暖陽俏皮地吐了吐舌頭。

「嘿嘿……看來，沒辦法立刻完全適應呢。看來距離徹底逃獄，還有很長的一段路要走……可是，二藏同學，你聽我說……這是人家在這麼多年以來的第一次……終於又能露出真心的笑容。」

「嗯，恭喜妳。」

看到暖暖陽逃獄成功，同為「不能笑」的囚犯，我的感受有點複雜。帶著點替夥伴欣喜的感受，又有些回顧自身時想要嘆息的惆悵。

雖然還不是全部，但暖暖陽……已經快要從關押共犯的監獄中，徹底畢業了。

或許，暖暖陽很快就不會再來笑容社了吧。

因為暖暖陽原本就不屬於這裡……不屬於陰暗孤僻的監獄角落。光鮮亮麗的她，還是適合待在聚光燈下，成為眾人注目的天之驕女。

暖暖陽對我露出微笑。

「但是呢，就算人家徹底逃獄了，也會繼續去笑容社哦。」

「……咦？」

「為什麼二藏同學你要露出那種驚訝的表情啦！我們不是共犯嗎？既然是共犯，就算自己逃脫了，回身幫助曾經的夥伴，也是很合乎情理的事情吧——」

與我的臆想並不相同，暖暖陽就算逃獄了，似乎也打算繼續在笑容社參加社團

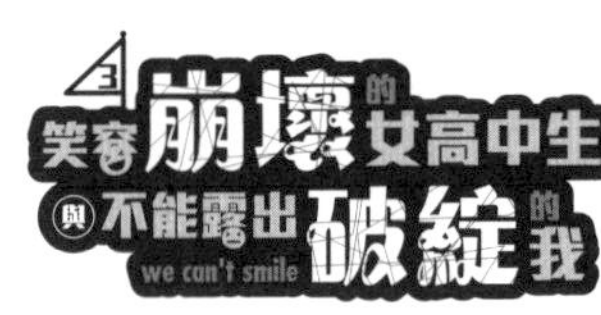

活動。

我們兩人在空曠的街道上，朝著學校慢慢前進。

在乾淨清涼的風中，這個安靜的城市，彷彿只剩下了我們兩人。

走著，走著。

只是，在學校已經遙遙在望時，暖暖陽忽然停下了腳步。

「？」

因為暖暖陽忽然止步，我回過身，朝向後方看去。

不知道為什麼，暖暖陽低頭望著自己的腳，表情相當猶豫。

「那、那個──二藏同學!!」

在思考良久後，暖暖陽紅著臉，將心中所想道出。

「之前人家不是說過，如果你假扮人家的男友，就會給你報酬嗎？」

「啊、嗯，妳確實說過。」

大概，暖暖陽會請我吃個炒麵麵包之類的作為酬勞吧。

我原本在心中這麼猜測……可是，暖暖陽接下來出口的話語，卻出乎我的意料。

「下個禮拜的週末，一起去K市的『光之海濱公園』怎麼樣？在那裡，人家請你吃東西。」

「呃，嗯，可以啊。」

雖然K市很遠，但我想不出拒絕的理由。

見我答應，暖暖陽露出笑容。

暖暖陽再次邁步，走到我身旁。這時忽然像是想起了，又補充了一句。

「……對了，你不要跑步去喔！電車錢人家也會幫你出啦！」

「喔喔！」

終於，我們走進P高中。

因為已經遲到超過兩節課的關係，我們在校門口，被長相很像大猩猩的體育組長攔住，雷霆大發地罵了一頓。

在大猩猩的說教終於結束後，我與暖暖陽一起朝著教學大樓走去。

「啊哈哈……這樣子一起挨罵，也很有共犯的感覺呢。」

對我露出很美的笑容，暖暖陽將幾絲被風吹亂的金髮，拂到耳後。

……這次是真心的笑容嗎？

我沒有開口發問。

可是，無論真假，暖暖陽此時因為同為共犯而露出的笑容，就像於白紙上逐漸暈開的色彩那樣……在我的心中，留下了難以磨滅的深刻印象。

「——哥哥大人不覺得自己太過鬆懈了嗎!!」

「咦?」

當天回家後,與詩音一起在客廳吃飯的我,停下扒飯的動作。

所有的菜餚都陳列在矮桌上,菜式總計是三道豆腐與兩道青菜,這已經是我們家這個月吃最好的一次,我原本以為詩音會高興。

可是,我只是向詩音閒談了幾句自己最近發生的事,詩音就放下碗筷,露出生氣的表情。

「……啊、不好意思。從明天開始到月底,餐桌上會盡量有肉的。」

「不是食物的問題!!哥哥大人真是遲鈍,遲鈍死了!!」

詩音偏過頭去,像是想要繼續生氣——但到了後來,又轉頭向我瞄來,忍不住嘆了口氣。

「哥哥大人……您是真的不懂嗎?您剛剛說,自己與那個代號叫暖暖陽的野女人,在週末要一起去K市的『光之海濱公園』玩耍對吧?」

「呃……我確實是這麼說過。」

可是，這又怎麼樣呢？為什麼詩音的反應會這麼激烈？

難道說，海濱公園那邊有賣很美味的食物？

思及此，我對詩音露出心領神會的笑容。

「放心吧，如果看到好吃的東西，哥哥我會帶一份回來給妳的。」

「嗚噫——氣死我了!!」

詩音甚至表情都扭曲了，咬牙切齒地頓腳。

「——就說過不是食物的問題了，哥哥大人再這樣開玩笑的話，詩音就要生氣了喔!!」

妳不是從剛剛開始就在生氣嗎……我不禁無語。

那麼，問題究竟出在哪裡呢？

詩音瞪著我，然後她拿出手機，指著發亮中的螢幕。

「哥哥大人，請您拿出自己的手機，查詢一下『光之海濱公園』這個關鍵字好嗎！一向謹慎的您，怎麼會犯下這種人生上的重大失誤呢！」

我犯下了……人生上的重大失誤？

看詩音露出那麼嚴肅的表情，又說得鄭重，我終於也認真起來。

於是，我掏出手機，開始搜尋關鍵字。

光之海濱公園……情侶聖地。

光之海濱公園……約會地點。

光之海濱公園……最佳結緣之地。

光之海濱公園……告白場所分享。

光是輸入「光之海濱公園」，後面就自動跑出一堆關鍵字。

閱讀那些關鍵字後，我不禁又驚又疑。

居然嗎——原來是這樣啊!!

「沒人提到吃的!!暖暖陽那傢伙難道這麼小氣，不打算請我吃東西？」

啪!!

「——笨蛋!!哥哥大人是笨蛋，笨死了!!」

詩音不知道從哪裡掏出了紙扇，用力往我頭上拍下。

雖然她的力量很微弱，可是那種捏著紙扇、氣到快哭出來的表情，卻令人無法忽視。

「……哥哥大人，請您在這裡等我!!千萬不要離開!!」

詩音向內室跑去，在離開客廳前還不忘拉上客廳的大門。

「呃……」

到底是怎麼了呢？我不解。

就在我遲疑的同時，從內室忽然傳來響亮的音樂聲。

躂啦——

躂啦、躂啦、躂啦躂啦躂啦——

一聽就知道是用手機擴音播出的音質，但作為突如其來的登場音樂，卻已經足夠撼動人心。

接著，於氣勢磅礴的樂聲中，客廳的大門再次被拉開。

戴著偵探帽，手裡拿著放大鏡的詩音蹦蹦跳跳地跨入客廳，然後在我的面前像跳芭蕾舞那樣，用腳尖旋轉了一整圈。

在芭蕾舞旋轉停下的瞬間，詩音將雙臂交叉形成「×」的姿勢擋在面前，臉蛋從×的交叉空隙望出。

「看破迷霧！驅趕妄邪！明明看似九歲卻擁有能夠拯救哥哥大人的智慧——就算案情再怎麼晦澀難明，依舊難逃詩音的真知之眼——」

道出登場臺詞的詩音，此時改變動作，將左手向前方指去，而右手則搭在左臂腋下處，擺出一個非常中二的姿勢。

「因此——為了破解案情，『美幼女偵探・小詩音』——於此刻颯爽現身!!」

又來了嗎⋯⋯

之前在笑容社裡，詩音為了找出天邪鬼，也上演過類似的一幕吧。

見狀，我不禁為詩音擔憂。

的。

跟行走於孤獨之道上的我不同……像詩音這種女孩，在成長階段還是需要朋友的。

所以，我忍不住開口勸戒。

「詩音，妳如果想交到朋友的話，就不能玩這麼中二的角色扮演遊戲哦？」

「——詩音才不想被哥哥大人您指責中二!!一點也不想!!」

詩音在回答時，激動到臉色漲紅。

然後，她很快就在我對面正坐下來，露出嚴肅的表情，把話題帶入正軌。

「哥哥大人，就讓美幼女偵探‧小詩音，來為您剖析這次的案情。」

「呃……嗯嗯。」

我有點遲疑，但還是放下飯碗，仔細聽詩音說話。

詩音道出她的解釋。

「哥哥大人，您聽好了。那個外號叫做『七花暖暖陽』的野女人，長相可愛、成績優秀、性格開朗、懂得打扮，而且胸部也很大!!在外人看來，就是校花等級……不，是超越校花等級的超級美少女。」

「呃……嗯，是啊。」

——暖暖陽是超高等級的美少女，我當然明白這點。光是暖暖陽自稱神之少女的時候，我就聽她自己吹噓過很多次。

但是如果換個人來說，像是現在，詩音忽然對暖暖陽拚命誇獎，讓我不知道該怎麼回應。

詩音的表情依舊嚴肅，她繼續說了下去。

「再來，反觀哥哥大人您。您在詩音的心目中，當然是世界上最好最棒的男人，是肉體與靈魂都必須下嫁的對象——可是呢，在那些愚昧至極的外人看來，哥哥大人您就是只會說無聊笑話、遲鈍、孤僻、貧窮、成績普通、長相平凡、與流行品味無緣、又不懂女人心——除了滿身肌肉、劍道很強之外，就一無可取的劣質男人。」

「嗚……嗚啊!!」

即使身為獨行者的我，對於批評的承受能力很強，但是聽到這些批評，心臟部位依舊產生一陣絞痛。

真的有那麼差勁嗎？我忍不住納悶地看看自己。

就在我忙著審視自己時，詩音再次發話。

「換句話說，以美幼女偵探・小詩音我的視點看來，那個叫做七花暖暖陽的野女人，會邀請哥哥大人您去『光之海濱公園』那種約會聖地，這本身就是一件不合理……不，是根本不可能的事。」

聽到詩音的解釋，我不禁無語。

「……她答應要給我報酬啊。大概是請我吃東西吧，雖然那邊好像沒什麼吃的。」

「哥哥大人，請收斂您那超乎常人的遲鈍!!我們住在P市，吃東西為什麼要去隔壁的K市呢！又為什麼偏偏要去海濱公園!?」

「呃……」

我哪知道。

但暖暖陽確實是找我去光之海濱公園，我也沒有理由拒絕。

最後，詩音揮舞著手中的放大鏡，激動地做出結論。

「——真相永遠只有一個，很顯然，這一切的線索，都在推導出同一個結論——那個野女人肯定是對哥哥您不懷好意，請您務必要提高警覺!!」

「是。」

「哥哥大人，請不要用那種無所謂的態度敷衍詩音!!」

「好。」

我原本打算安撫詩音，習慣性地向詩音伸出手，想要摸她的頭。

可是，詩音卻閃開了我的手。

「——在您真正懂得保護自身、徹底提高警覺之前，詩音是不會讓您摸頭的!!」

面對莫名憤慨的詩音，我只能搖頭苦笑。

我與暖暖陽在週末，要一起去光之海濱公園的事情……只經過幾天時間，居然以驚人的速度在笑容社裡傳開了。

我猜，大概是詩音無意中對百萬千穗理透露，而聒譟的百萬千穗理又到處宣揚吧。

對此，第一個產生反應的是凜凜夜。

「喂，二藏，你與色情脂肪怪週末要一起去光之海濱公園？」

「嗯，對啊。」

「就你們兩個人？」

「對。」

「……哼。」

不知道為什麼，露出超級不爽的表情之後，凜凜夜掉頭就走。

回身坐到單人沙發裡，用單手拿著英文單字本在閱讀的凜凜夜，那充滿不爽的氣場始終未曾消散。

再來，過來詢問的人是不知火綾乃。

「二藏閣下，在下身為風紀委員長，有義務對可能發生不當男女關係的學生進行盤查。」

我原本正在擦拭社團教室裡的桌子，抬頭看向不知火綾乃時，忽然察覺她站得很遠。

不知火面無表情地站著，她靠在教室的牆壁上，就這麼隔著一大段距離，直接開口詢問。

「……二藏閣下與暖暖陽閣下，在週末要一起去光之海濱公園？」

「對。」

「那裡好玩嗎？」

「我也不知道。」

不知火問到這裡，忽然表情略顯猶豫，那猶豫中又帶著些許掙扎。

但最後，她還是繼續提出追問。

「……那麼，你們會邀請在下一起去嗎？」

「這個……暖暖陽好像沒有提到，妳想一起去嗎？」

「……哼，在下可沒有這麼說。身為武士的在下，在週末理所當然必須繼續修煉。」

語畢，不知火背著劍道包，離開了社團教室。

在離開社團教室之前，她在門口駐足，又回首看了我一眼。

與那視線對上，我不禁一怔。

因為那視線中，含帶著此時的我無法讀懂的晦澀情感。

並不是少女漫畫中，那種充滿情懷與羞澀的目光。

不知火肯定不喜歡我，甚至很討厭我，這點我有自知之明。

——她的目光，更接近於在掙扎與猶豫之下……試圖隱藏某種想法，而產生的複雜。

然而，在沉默片刻之後，在門口駐足的不知火，依然轉身離去。

這一次，她再也沒有回頭。

然後，是十宮亂鳳。

十宮亂鳳始終無法逮到與我獨處的機會……於是，當大家都在場的時候，她拋出疑問。

「二藏同學，聽說你週末要與暖暖陽同學一起去海濱公園？」

「嗯，對。」

繼凜凜夜、不知火之後，現在連十宮亂鳳都詢問相同的問題。

總覺得這個話題每次被提起時，社團裡往往就會變得沉默，氣氛有點尷尬。

……其實我不理解，大家為什麼如此在意這件事。不就是去公園吃東西而已嗎？

難道這些傢伙，都是隱藏極深的超級貪吃鬼？

我越想越有道理，不然沒有理由持續追問。

我不禁開始思考下次發薪水，手頭比較寬裕的時候，是不是該買東西請大家吃。

就在我盤算要買什麼食物的時候，忽然看見十宮亂鳳有了動作。

她向眾人笑了笑，然後雙手合十，擺出拜託的動作。

「凜凜夜同學……暖暖陽同學……不知火同學……可以拜託妳們一件事嗎？看著二藏同學，只要三十秒鐘左右就好。」

對於十宮亂鳳的要求，眾人都是不明所以。

但凜凜夜、暖暖陽、不知火這三人，還是按照她的指示，將視線聚集在我身上。

接著，十宮亂鳳忽然遮起單邊眼睛，單以右眼向不知火看去。

看了幾秒鐘後，十宮亂鳳低聲喃喃自語。

「『五』嗎……哼。」

她嘴角略微一撇，不知為何，似乎有些不滿。

但那不滿，總歸還在控制範圍內，十宮亂鳳很快又露出慣常的嬌媚笑容。

接著，十宮亂鳳向凜凜夜看去。

「『八』……還是一樣嗎……」

最後，她向暖暖陽看去。

「『九』……!!變成『九』了!!」

至此，十宮亂鳳臉上的笑容，忽然消失無蹤。

恍若看見我幹出某種壞事一樣，她猛然轉頭看向我，露出凌厲無比、彷彿打算刺傷他人的眼神。

與平常媚意橫生的表情並不相同，此時的十宮亂鳳，神情中滿是凜冽的怒意。

……這是我第一次看到十宮亂鳳，徹底被激怒的樣子。

然後，十宮亂鳳對我拋出命令。

「你，看向暖暖陽同學！」

我不由得一怔。

雖然不知道十宮亂鳳為什麼生氣，但只是看向某人這種小事的話，我沒有不照做的理由。

我向暖暖陽投去視線。

這時候，我已經看不見十宮亂鳳那邊——但我隱約能夠感受到，她正用右眼觀

察著我。

最後，她口中吐出顫抖的話語。

「……只有這樣嗎……!!數字只有這樣!!」

那是遭到負面想法所控制，無法維持情緒穩定的憤怒之語。

在那極端的怒氣中，十宮亂鳳露出無法置信的神色，慢慢垂下了視線，盯著地板看。

像是正在思考某事，又彷彿正在替內心的某件事物下達判決，她的表情一變再變。

最後，十宮亂鳳忽然笑了。

在終於笑出聲時，十宮亂鳳的雙目已經失去了其餘光彩，形成如黑墨般的深邃之色。

「嗚呵呵……呵呵呵呵……有趣，真有趣呢。」

十宮亂鳳那充滿媚意與病態感的笑聲，即使過了很久很久，依舊令人難以忘懷。

第九章　光之海濱公園①

雖然中間歷經許多插曲，但與暖暖陽約好的週末，終於來臨了。

早上八點，我與暖暖陽約好在電鐵的入口處碰面。照暖暖陽的說法，就是「你不要又自己跑步去啦！」這樣的以防萬一。

我在七點四十分左右，就抵達了約定地點。

可是，暖暖陽居然比我還早到。

她今天穿著白色露肩洋裝，但裙子的長度只到大腿部位，而且肚子稍微露了出來。

雖然看起來略顯性感，但因為是洋裝的緣故，所以這樣的打扮，也同時留存了氣質。

暖暖陽似乎並不介意我比較晚到，才剛碰面，她就笑著原地輕輕轉圈，展示她

的衣服。

「怎麼樣?可愛嗎?」

……老實說，真的很可愛。

可是，我不可能坦白說出心聲，否則接下來她又會開始吹噓關於神之少女的厲害。

所以我試圖露出笑容蒙混過去。因為我不能笑，所以看起來只是做出類似鬼臉的表情。

「——你那是什麼表情啦!!」

但是，暖暖陽卻被我的鬼臉逗笑了。

暖暖陽將早就買好的票遞給我，兩人輪流刷票進站。

「話說回來，二藏同學，這件洋裝是最近流行的款式哦，因為有個『祕密設計』，所以非常受小部分女生歡迎。」

居然還在提衣服的事，該說不愧是喜歡打扮的辣妹嗎……不過，所謂的「祕密設計」是什麼呢?

「哼哼……遲鈍的二藏同學能猜出來嗎?」

在空曠的候車大廳，暖暖陽倒退著慢慢前進。她雙手展開，讓我再次仔細打量她身上的衣服。

被暖暖陽用戲謔的語氣質疑，說得我好像真的很遲鈍似的……於是，我的好勝心不禁開始滋生。

於是，我仔細打量這件洋裝。

這件洋裝其實是組合式的，上半身與下半身分開。上半洋裝部分，只蓋到暖暖陽的肋骨下方，因此露出了包含肚臍在內的一部分腹部……而下方的短裙，則只到大腿部位，讓暖暖陽十分具有優勢的長腿得以展現。

「呃……」

我看不出來。

大概也發覺我露出為難的表情，暖暖陽微微一笑。

「鏘啷──公布答案!!這件衣服只有巨乳穿起來，會變成稍微露出肚子的設計哦！如果胸部不夠撐起前襟的話，下襬就會剛好與短裙結合，變成比較保守的款式──」

「原、原來如此……」

「嘿嘿……怎麼樣？厲害吧！」

我不知道暖暖陽所謂的厲害，究竟是指衣服的設計，又或是為自己的乳量自豪，所以只好隨便點了點頭。

坐上電車後，我們往K市的方向開始移動。

大約要坐一小時半的高速電車。

我與暖暖陽並肩而坐。

「話說回來，二藏同學……上次你戴過的牛皮紙袋，人家後來帶回家去，到現在都有好好保管喔。」

「那種東西就不用留了吧……」

「那怎麼可以！牛皮紙袋可是二藏同學獲得『橫川町握力之鬼』稱號的紀念日物品耶！」

「那種稱號也不用留！」

「啊哈哈哈哈……」

暖暖陽笑起來的樣子，真的非常可愛。

只是，她現在露出的笑容，是不是真心的笑容呢？

為了證實內心的猜測，我忍不住盯著暖暖陽看。

「……咦？啊……」

被我盯著看，不知為何，暖暖陽慢慢臉紅了。

她轉開視線，盯著自己的大腿，忽然變得安靜許多了下來。

我也不知道該說些什麼，所以只能看著窗外的風景，一時之間默默無語。

「……」

可是，就在這時。

因為我與暖暖陽的座位相鄰，所以中間的扶手是共用的。

我放在中間扶手上的右手，忽然感受到暖暖陽手掌的溫度。

雖然只是兩人把手臂共同放在扶手上，看似在無意之間手掌有所觸碰——但這樣的細微感受，卻讓內心有無法形容的異樣感……在慢慢滋生。

因為想探明內心的異樣感，我不禁將視線傾斜，向兩人手掌接觸的位置看去。

只是，暖暖陽馬上發覺我的視線，觸電般縮回了手。

「……啊。」

將縮回的手放在胸口，暖暖陽的臉變得比先前更紅。像是為了掩飾那份尷尬，她轉過視線，開始看向窗外的風景。

一小時半，在兩人的沉默之間，很快流逝。

我們在正確的站點下車，又步行十五分鐘左右，終於來到光之海濱公園。

從遠方看去，能夠看出裡面有大片林道，而林道中又有無數小徑通往更深處。

雖然名稱是公園，但因為園區內包含許多遊樂設施、大型自然景點，在門口必

須買票進場。

已經讓暖暖陽出了電車的費用，所以門票錢由我付費。

雖然暖暖陽似乎也想負擔門票費用，但獨行者的習慣向來如此，為了不至於陷入進退兩難的處境，不會一再接受單方面的善意。

在進場後，暖暖陽露出有點擔憂的表情。

「二藏同學，你那邊沒問題嗎？」

啊啊，大概是在問錢包餘額的事吧。

「當然，接下來我只要喝一個禮拜的開水當早餐就沒問題了。詩音那份早餐還是留著的。」

「嘶——!!」

聞言，暖暖陽倒抽一口涼氣。

然後，她趕忙接過話語。

「那、那個，接下來買食物的錢，就由人家來出吧？這是上次請你幫忙的報酬，你不用客氣！」

「喔……喔喔!!」

我被暖暖陽急促的語氣嚇了一跳。她還真是好心呢。

如果不算詩音的話，我其實很少跟異性獨處，與同年齡少女共處的經驗更是幾乎沒有。

要算的話，大概就是中學時在放學擔任值日生，然後因為眼神凶惡，被同組的女生遠遠避開的那幾次吧。

恰好，暖暖陽也在這時問起了相同的話題。

「二藏同學，你有跟同年齡女生一起出來玩過嗎？單獨的那種。」

於是，我將值日生的經驗告訴她。

「嘶──!!」

可是，聽了之後，暖暖陽馬上又倒抽一口氣。

喂！妳這樣會讓我覺得自己真的很可憐啦！

暖暖陽將手背在背後，略微彎腰，傾斜著身體，用由下往上的視線盯著我看。

我發覺暖暖陽大概是無意中做出來的，但這個動作似乎是她的招牌姿勢，而且真的很可愛。

盯著我看了一下子，暖暖陽忽然笑了起來。

「也還好嘛，眼神沒有很凶惡。」

「……謝謝。」

「嗯、嗯嗯！所以二藏同學要對自己更有信心一點喔！」

不過，會被覺得眼神凶惡──也有很大的原因成分，是因為我身上的傷疤。

我身上，從脖子到肩膀部位，有道十幾公分長的猙獰傷疤。

即使平常用衣服領口遮蓋住，但只要上游泳課，就會無法避免地被人發現。

然後，班上就會開始傳出不好的流言蜚語，從此對我投以畏懼的視線。

所以，我會盡量避免讓別人看到自己的傷疤。

「對了，來看導覽手冊吧，決定一下接下來要去哪裡。」

我與暖暖陽在林道小徑上駐足，打開工作人員給我的導覽手冊，開始看裡面的園區介紹。

光之海濱公園緊鄰大海，園區大概有二十公頃範圍，裡面多含奇樹異植，且還興建了大量遊樂設施，其中最有名的就是「光之摩天輪」。

光之海濱公園，其前綴名號的由來，就是因為光之摩天輪而順勢得名。

據說，在摩天輪面前進行告白，能夠得到光之精靈的祝福，讓戀情從此幸福順遂。

而且，園方還接受事前的申請，只要付出相當便宜的費用，就能幫忙準備進行告白的道具與布景。

「難怪詩音會說這裡是情侶聖地……根本是情侶的超級產地嘛!!」

聽到我的自言自語，暖暖陽不知為何，忽然有點臉紅。

然後，暖暖陽像是要轉移話題一樣，指著不遠處別條小徑，有點慌亂地發言。

「對、對了，今天園區內好像沒什麼客人!?」

「……確實如此呢。」

我輕輕點頭。

但是，就在這時，我的眼角餘光忽然發現好幾個鬼鬼祟祟的身影。

「……咦？」

在更遠處的另一條小徑上，那好幾個鬼祟身影的體型有高有矮，但共通點就是穿著能遮起全身的厚重大衣，還戴著帽子、墨鏡、口罩、手套，一副可疑至極的模樣。

「一、二、三、四、五……有五個人。他們為什麼躲躲藏藏的呢……？」

暖暖陽也看到那些可疑的人影，她露出困惑的神情，點動手指頭數著數量。

我不禁進行猜測。

「該不會是扒手或小偷之類的吧？」

「咦……經二藏同學你這麼一說，人家更擔心是強盜耶！」

「強盜的話，倒是還好。一般人的話，我空手也能對付二、三十個。」

我實說實說。換成不知火的話，大概也能應付差不多的數量吧，或是更多一點。

聞言，暖暖陽向我眨了眨眼。她眨眼的時候，長長的眼睫毛也在顫動。

「哇，好厲害！哼哼……人家說不定在這之後，會開始覺得二藏同學也有優點了哦？」

「——所以妳本來覺得我完全沒有優點是吧!!」

「啊哈哈哈哈……開玩笑的啦，玩笑。」

太狡猾了，被暖暖陽用那種超級可愛的笑臉開玩笑，內心根本無法升起怒火。

這時，暖暖陽望著小徑遠處的道路，露出思索的表情。

「這條小徑，走到底，會通往哪裡呢……」

「看手冊上的地圖，最後會通往海邊。在海邊附近有超大的盆地，裡面建著許多遊樂設施，摩天輪也在那裡。」

聽見我的回答，暖暖陽沉默片刻。

然後，她將話題接續。

「二藏同學，這些小徑，是遊客出入園區必經的路線對吧……」

「是的。」

除非從海上搭船偷渡，否則就只能從這些小徑來出入。

暖暖陽微微一頓後，看了看我之後，露出微笑。

「那麼，被稱為情侶聖地的這裡……是不是會有很多人、很多人……剛踏入園區的時候，還只是試圖接近彼此的關係……但離開時，卻已經成為了親密無間的戀人？」

在說話時，暖暖陽的碧眼直視我的雙目，像是試圖看進更深處讀取情緒那樣，沒有絲毫猶豫與動搖。

看見她的眼神，我不禁一怔。

「應該……沒錯。」

如果在光之摩天輪真的有很多男女進行告白的話，那想必就會誕生出暖暖陽所說的情況。

我與暖暖陽繼續前行。

在逐漸變得溼潤的空氣中，我們嗅到海的氣息。

終於，我們抵達了海濱公園的主要地帶。

因為海濱公園的範圍很大，我與暖暖陽在海邊慢慢散步。

在散步的同時一邊談笑，時間很快過去。在途中，我們也向海邊的小販購買食物，有炒麵、鐵板燒、串燒大蝦等食物可供挑選。

暖暖陽請客，我選擇最便宜的炒麵。

端著熱騰騰的炒麵，我與暖暖陽找到一截在樹蔭下的漂流木，坐在上面吃東西。

一邊吃炒麵，我忍不住如此感嘆。

「……說到海邊的話，肯定就是炒麵吧。就像提到新年就會想到神社一樣。」

「啊哈哈，說得是呢。可惜現在不是穿泳裝。」

「但也沒關係，泳裝的話，上次就穿過了。」

「不是有沒有穿過的問題吧！再說，人家最近打算去買別套泳裝哦？」

暖暖陽的別套泳裝嗎……

「二藏同學，你在剛剛想像了對吧？人家穿泳裝的模樣。」

「呃……」

「噗噗噗……二藏同學因為想看泳裝而拚命想像的樣子，也太好笑了吧！搞笑死了！」

暖暖陽掩嘴而笑，我被笑到有點臉紅。

暖暖陽吃完炒麵後，靠著樹幹略做休息。

她仰頭向天空看去，然後發出感嘆。

「因為最近胸部又變大了，所以不得不買更合身的泳裝……唉，即使身為神之少女，也有很多各式各樣的煩惱呢。」

「呃……」

「咦？人家還以為提到胸部的話，二藏同學的眼神肯定會不規矩地亂瞄呢，居然沒有嗎？」

「原來妳是在戲弄我嗎!!」

「啊哈哈哈哈——」

面向輕微起伏的碧藍之海，於潔白的沙灘上，暖暖陽發出開朗的笑聲。

聽見那笑聲，我的心情也不由自主地好轉。

……話說回來。

最近跟暖暖陽在一起的時候，總是感到很開心啊。

畢竟她不像凜凜夜那樣，總是皺著眉頭罵我。

也不像不知火那樣，隨時要提劍把我頭上打出腫包。

更不像十宮亂鳳那樣，總是皮笑眼不笑。

就算是之前只能露出崩壞笑容的暖暖陽，她每一次試圖露出真實笑容時，也都是竭盡全力。她先前用來保護自我的虛假笑容，說穿了，也只是為了追求真正的笑容而生。

暖暖陽一直都很努力。

就算有些舉動略顯笨拙，但在追求笑容時，她總是不遺餘力。

或許，也正是因為她那彷彿在不斷散發光輝的努力，才會不斷吸引我的視線，讓我覺得暖暖陽備加可愛。

懷抱著這樣的心思，我不禁看向暖暖陽。

暖暖陽對上我的視線後，略微歪頭，對我露出微笑。

「……」

我試圖也想報以微笑，但卻又做出了鬼臉。

暖暖陽噗哧一聲，整個身體忍笑到不斷抖動。

見狀，我忍不住搖了搖頭，嘴角也掛上無可奈何的苦意。

時光飛逝。

在海邊散步的時光，由海洋另一端漸漸消失的橘紅光芒劃上句點。

我們看著夕陽沉入海平線的另一端，在天色徹底轉為昏暗之前，離開了海邊。

然後，我們前往遊樂設施區域。

這裡有旋轉木馬、海盜船等遊樂設施，共通點就是每一座設施都在發出白光，正合「光之海濱公園」的名號。

暖暖陽與我玩了幾項遊樂設施之後，天色已經徹底轉暗。

「回去吧？」

我提議打道回府。

可是，暖暖陽卻對我微笑，她並不說話，只是輕輕拉著我的手，往另一個方向走去。

是還有想玩的遊樂設施嗎？

我任由暖暖陽拉著手，在各遊樂設施之間穿梭。

然後，我們來到了摩天輪前方。

「摩天輪？」

摩天輪在黑夜中，正在散發柔和的白光。

而在摩天輪的前方，有一塊鋪上紅地毯的空地。

大概，這裡就是傳說中那個可以讓男女進行告白的地方吧，也就是可以讓情侶從此幸福順遂的神聖之地。

「……咦？」

這時，我有點驚訝。

因為暖暖陽的腳步沒有停下，她依舊拉著我的手繼續前進，直到兩人都踏上那紅地毯為止。

然後，她從懷裡拿出一個牛皮紙袋。

「二藏同學，你能戴上這個牛皮紙袋嗎？」

我一怔。這不是在假扮男朋友時的牛皮紙袋嗎？

我不解用意，但既然暖暖陽要求了，我也就順勢戴上。

於是。

於是，暖暖陽放開我的手，我望著她慢慢走到了紅地毯的正中間。

然後，彷彿在瞬間成為世界的中心那樣，有兩道耀眼的聚光燈，打在了暖暖陽的身上。

接著，暖暖陽露出溫柔的笑容。

「二藏同學……之前，你拚命奔跑，趕來橫川町幫助人家……對於那時面臨危機的人家來說，你就是無可取代的勇者。」

我一怔。

還沒想好怎麼答話，卻聽到暖暖陽繼續說了下去。

她的笑容依舊柔和。即使是我也能看出，那是無法偽裝的、真心露出的笑容。

「還記得嗎？人家曾經說過，只會喜歡上擁有『超過十公分的陳舊傷疤』、『星星與月亮一起墜落時的勇者』這兩項條件的男生……而現在，條件都滿足了。」

就「滿足了」這三個字出口的瞬間，彷彿是某種暗號那樣，在高空處忽然「啵」一聲，有兩個巨大彩球破裂，裡面散出無數繪著「星星與月亮圖案」的氣球。

那些氣球的底部綁著硬幣，同時以緩慢的速度下墜，如同下起了一場浪漫的氣球之雨。

身處氣球之雨中，與此同時，暖暖陽向我伸出雙手。

她眼中的溫柔……如慕如訴，又泛動著些許淚光。

「二藏同學，我喜歡你……請你跟我交往。」

《笑容崩壞的女高中生與不能露出破綻的我03》 完

番外篇　光明之戀

七夕優花。

與姓氏一樣，恰巧在七夕當天誕生的這名幼女，做為家裡的獨生女，始終備受呵護。

這一年，她五歲。

好動且充滿活力，長相可愛，腦袋聰明，可謂人見人愛。

然而，恍若是神之寵兒的她，終究並非完人。

彷彿是以其他優點作為交換代價，又好似就連神也不允許這樣世上有完美之人存在……其實，七夕優花身上有一個堪稱毀滅性的病因。

在滿五歲生日那天，她的病，首次發作了。

在蹦跳著衝下樓梯時，七夕優花忽然失去了視覺能力，失足摔得狼狽不堪。

雖然身體並沒有受傷，但眼前有如被一陣濃厚的黑霧所籠罩，足足有十秒的時間，七夕優花什麼也看不見。

失去視力的期間，她全身冰寒，彷彿身墜不見天日的地獄。

「嗚……!!」

在恢復視力後，她將此事告訴雙親，雙親焦急之下，立刻帶她去醫院檢查。

經過一系列的精密檢查，醫生告知雙親，七夕優花罹患了「漸進性虹膜失能症」。

這是世上目前也僅有幾例的罕見疾病——隨著年紀漸長，眼睛內的虹膜會漸漸失去原先的功能。起先或許只是偶爾發作，每次數秒，但到了後來，當病情惡化到極限時，病人就會就此失明。

目前全球罹患此病的五個案例，都比七夕優花還要年長。

但這些病人，毫無例外地，都會在十六歲左右雙目徹底失明。

也就是說，從現在算起，距離七夕優花眼中的光明熄滅，只剩下十一年時間。

十一年，何其短暫。

大概，僅僅是在她上高一的那年。正值花樣年華，青春年少，就會孤獨地成為陷入黑暗的盲人。

為了防備再出意外，雙親將七夕優花罹患病症這件事，告知了幼兒園的教師。

一直在上幼兒園的七夕優花，每天最珍惜的時光，就是搭乘校車到學校，與同齡幼兒一起玩耍的日子。

那是無可取代的，只有朋友之間才能給予的快樂。

然而，消息不知道怎麼走漏了風聲。

在一共有三十多名幼兒的園區內，很快地大家都知道了七夕優花罹患了「雙眼會在日後失明」的疾病。

並且，以嫉妒七夕優花的女生小圈子為起點，開始有人散播這種疾病會傳染的假消息。

「這樣子的話，就沒有男生會再接近她了吧，呵呵呵……誰教她總是自居小公主的模樣，讓男生都繞著她轉。」

「對呀對呀！只不過是長得漂亮了點，有什麼了不起！」

背地裡的言語，化為實質的詛咒，在眾幼兒之間開始傳播謊言。

人類醜陋的憎恨，不因年紀幼小而稍減，不因心智成熟而熄滅。

那是源於本性根處，出於嫉妒之罪的惡行。

無法具備辨別能力的幼兒們，輕信了四下流竄的謊言。

從此，七夕優花被孤立了。

在室內活動時間，七夕優花抱著皮球，去詢問曾經要好的朋友。

「能跟人家一起玩嗎？」

「不要，妳走開。」

一次又一次，她找上不同的人，眼含期盼地詢問。

「能跟我一組，一起編花環嗎？」

「妳去別的地方啦，我不想被有病的人傳染！」

一回又一回。

「能跟我……一起玩嗎？」

七夕優花出口詢問的話聲，日漸微弱。

到了最後，她僅存的期待也徹底熄滅。

被排擠於群體之外，她只能孤單地躲在角落，默默回思曾經與朋友共處的回憶。

可是，那樣的回憶，放在此時，只會轉化為蝕骨銘心的毒藥。

越是溫暖的過往，只會讓此刻身周的孤冷，顯得備加淒涼。

自此，七夕優花失去了以往的活力。

她還沒有徹底喪失視覺，但卻先失去了一直以來視若珍寶的朋友，與所有重視的人際關係。

在這個時候，七夕優花的病情，大約一天會發作三次。

因為發作時與眼盲無異，所以她往往只能呆站在原地，等待光明重啟。

就在某次室內活動時，七夕優花再次短暫失去了視覺。

在她身後的某名女生看出異樣之後，趁機從後方用力推了她一把。站立不穩的七夕優花就這樣跌倒在地，額頭磕在階梯上碰出血來，鮮血長流不止。

幼兒園的老師趕來，然後聽見周圍其餘幼兒們的證詞。

「老師，她自己跌倒受傷，我們都看見了。」

「老師，她的眼睛常常出問題——而且又得了會傳染給別人的怪病，還是別讓她來上課了吧？」

倒在地上，久久爬不起身的七夕優花，按著額上的傷口，流下了無聲的眼淚。

額頭的傷口，大約十天後就徹底痊癒，潔白光滑，不再留有一絲痕跡。

可是，七夕優花的內心卻從此有了無法痊癒的傷口存在。

每當病情發作，再次短暫失去視覺時，那傷口就會遭到過往的殘酷回憶撕開，鮮血淋漓地再次淌下鮮血。

她不再上幼兒園。

而且，臉上也很少牽動表情。

她往往只是望著窗外的空處發呆，像是在緬懷過去，又好似在思索曾經的自己留下的殘跡。

年幼的她，被迫提早理解了社會的殘酷。

人與人之間的關係，就像隱形的金字塔，當你爬得越高，失去原先賴以仰仗的優勢時……下面的人們，就會露出原先隱藏極深的怨毒眼神，爭先恐後地將你拉下，並且取而代之。

因為，你已經沒有資格站在那裡。

背負此刻超乎自身能力的光環，就是遭到群起而攻的罪惡之因。

然後，吞下閃耀之時隱性積累的罪惡之果，就是墜落到底層的昔日之人，必須付出的代價。

弱小即罪惡，擁有破綻即是罪惡。

那象徵他人負面情緒的罪惡果實，既苦澀，且足以沁透早已受傷的內心。

哪怕這個受傷的人，原先純潔如天使。

即使原先純潔如天使，曾經潔淨的羽翼，此刻也會染上灰黑之意。

所以，七夕優花封閉了自己的心靈。

她不再笑了。

不再對他人敞開心房。

病情發作，失去視力這件事本身，也已經被七夕優花視為最大的祕密與禁忌。

「不能再讓別人知道這件事……」

「如果再被知道的話……」

光是想像病情再被察覺的後果，七夕優花的身軀就不自覺地產生寒顫。

因為，如果被發覺患病的真相，朋友原先友善的臉孔，就會紛紛轉為像能面一樣的虛偽假笑。

然後，在那虛偽的笑容中，她們會來傷害自己。

沒有人會幫助自己。

自己亦求助無門。

先前在幼兒園中，所有同學明明在場目睹真相，卻都選擇沉默旁觀，那就是最佳的佐證。

內心留下裂痕的七夕優花，從此失去了笑容。

為了寬慰愛女，七夕優花的雙親，在某天假日，決定帶著她去繁華市內的某間衣飾店，替她購買新衣服。

七夕優花穿著往常最喜愛的純白洋裝出遊，坐在由父親駕駛的車輛上，望著窗外飛逝後退的風景，始終面無表情。

很快，三人抵達了衣飾店。

此時正值中午，衣飾店剛開門營業，但店內已經有了稀疏的客人。引起七夕優花注意的是，店裡有另一對夫婦帶著小孩正在挑選衣物。

那是一個手上拿著氣球的小男孩，看起來與自己差不多年齡，大概也是五歲左右。

令七夕優花感到氣悶的是，那個小男孩，臉上始終帶著笑。走路時在笑、挑選衣服時在笑、偶然與自己對上眼的時候在笑、看著氣球上星星與月亮墜落的圖案在笑，甚至連街道上有一隻鳥飛過去都在笑。

笑得燦爛，彷彿無憂無慮，那笑容恍若永遠不會停止。

……哼，有什麼好笑的！

觸景生情，內心有塊地方又隱隱約約在絞痛，七夕優花用力撇過頭去，不再理睬對方。

正當與父母一起挑選衣物時，這時門外卻忽然闖進三名渾身穿著黑衣的男人。

三名黑衣男用黑色頭套蒙住臉面，只露出了眼睛部位。他們一進店就亮出了原先藏在懷中的銳利刀具，喝令所有人不准動彈。

第一名黑衣人焦急地發言：「快快快，外面在監視的傢伙說『目標』應該已經進店了，快點把目標找出來！」

第二名黑衣人點頭：「我知道。」

由第三名黑衣人守住店門口，另外兩人在店內一排排衣架之間穿梭、迅速尋找目標，最後他們的目光，停留在七夕優花的身上。

第一名黑衣人見狀大喝：

「穿著白色洋裝，長相漂亮……店內只有這傢伙了，綁走!!」

七夕優花的雙親原本想要抵抗，但懾於歹徒的刀具，趴在地下不敢擅動。

於是，黑衣人將七夕優花扛在肩上，預備竄逃出店。

根本無法抵抗成年男性的粗暴與力量，年幼的七夕優花被扛在肩膀上疾行。頭下腳上的七夕優花，低垂的臉面恰好看見自己的父母只能趴於地上，被銳利的刀具威脅著，無法動彈。

而店裡的其餘成人，哪怕人數遠多於歹徒，依舊懼於對方的利器，有些從後門逃跑，有些則直接跳出了窗外。

面對強勢的敵人，逃跑是合乎情理的事。

然而，也正是這樣的合乎情理，這樣血淋淋的現實，使無力反抗的七夕優花……內心閃過的想法，唯有悲哀與無助。

或許是恐懼敏感地引發了病情，七夕優花的視覺在此時漸漸模糊，黑霧再次籠罩於眼前。

……果然嗎？

……只要我失明了，不再那麼可愛了，就不會有人願意伸出援手。

……因為我已經沒有用了，失去了原先的價值，所以大家都會來欺負我，來傷害我。

年幼的七夕優花，因病情吃過太多的苦。因此，在她的內心，早已將失明與受到欺負劃上等號。

但是。

但是，就在七夕優花的視線徹底被黑霧覆蓋的瞬間，她忽然聽見大喊的聲音。

那是由稚嫩的嗓音所發出的憤怒喊聲。

接著，鐵與其餘金屬之間互相碰撞的聲音不斷傳出，似乎有鈍器正在與利器互相碰撞。

那碰撞，產生了耀眼的火花。

那碰撞所產生的火花，彷彿星火燎原那樣，在七夕優花眼前的黑霧破開了一個灼亮熾熱的光點……然後，那光點不斷延燒、延燒，將黑霧就此燃燒殆盡。

重見光明後，七夕優花看見剛剛那個一直在笑的小男孩，拿著支撐穿衣假人用

的細鐵棒，正與歹徒手中的開山刀激烈交戰。

小男孩以鐵棒代替竹劍，擺出劍道的架式，雖然防守多於進攻，但每一次的斬擊也確實有模有樣。

乒、乒、乒，伴隨著爆出的火花，雙方手中的武器幾次碰撞過後，黑衣歹徒無暇他顧，七夕優花從他的臂膀裡慢慢滑落。

「快逃！」

小男孩如此大喊。

七夕優花聞言立刻拎起裙襬，快速往遠處跑去。

見目標逃跑，黑衣歹徒不禁分心往旁瞄去，看向七夕優花的背影。

看準了對方露出的瞬間破綻，小男孩手中的鐵棒突刺，直接命中了敵人的喉結。

在劍道中，即使是普通的切磋，突刺也是極為危險的招式。在這一招之下，黑衣歹徒頓時雙眼翻白，暈眩過去。

但在出招的同時，小男孩自身也產生了僵直與弱點。

早已繞到旁邊的另一名歹徒，用開山刀狠狠朝著小男孩砍下。

哪怕小男孩已經盡力扭身去躲，從脖子到左邊肩膀的部位，依舊被刀尖劃出了一道極深的傷口。

雖然似乎沒有傷及主要動脈，但那迅速湧出的鮮血，很快就會成為致命傷。

在閃避攻擊的下一瞬間，小男孩也再次刺出了鐵棒，用同樣的招式擊暈了第二名黑衣人。

然後，他依舊笑著，用凶狠的眼神盯著第三名敵人直看。

原本守在門口的第三名黑衣人，看到兩名同伴被擊暈，敵人似乎怎麼也打不倒，加上對方浴血的眼神極為狠厲，頓時心生恐懼，大叫一聲後，往店外逃竄。

七夕優花見狀，趕緊跑回小男孩身邊，拿起旁邊乾淨的衣服，替他按住傷口，藉此緊急止血。

她都已經哭出來了，但這時身負重傷的小男孩，一邊加壓著傷口，居然還能說話。

「喂，不要露出那種愁眉苦臉的表情，我注意妳很久了。」

露出溫柔的笑容，甚至笑到都露出了牙齒。小男孩的笑容既燦爛且溫和，彷彿一道陽光那樣，直射入了七夕優花的內心深處。

「笑吧，如果不笑的話，就不會發生好事。不管什麼時候，笑容都是妳最好的夥伴，是永遠不會背叛妳的存在。」

七夕優花一怔。

「無法露出笑容的人，又怎麼能面對自我？唯有坦誠露出笑容的人，才能擁有戰勝未來的勇氣。」

他一句又一句的話語，使投射入七夕優花內心中的光芒，不斷匯集……不斷匯集，形成溫暖的亮光，溫潤著原先冰冷的內心。

除了父母之外——那久未從他人身上感受到的，名為善意的溫暖，使她不禁流下淚水。

「妳怎麼還是哭喪著臉？算了，這個給妳。」

小男孩看到七夕優花落淚，隨手拿起自己帶來的、繪有星星與月亮墜落圖案的氣球，送給對方。

看了看七夕優花後，小男孩轉身往店外走去，不再回首。他居然硬氣至此，受到如此重傷，也打算自己走出去尋找救援。

而且，彷彿為了防止剛剛逃脫的歹徒去而復返，又好似為了繼續守護身後的眾人，他手中的鐵棒，直到此時也沒有放開。

望著小男孩逐漸遠去的背影，七夕優花將氣球抱在懷裡，不由自主地落下淚水。

那之後，七夕優花重新擁有了露出笑容的契機。

雖然不再像以往那樣，能夠露出開朗且無憂的真心笑容……可是，至少表面上，她也能夠笑了。

這是那個小男孩給予她的契機。

她也從未忘記過那個小男孩，但不管七夕優花再去幾次同樣的地點，在附近街道上徘徊無數次，卻再也沒有碰見那名小男孩。

就像人間蒸發了一樣，或許小男孩一家早已搬離了這個城市。

為了不忘記他的長相，她將他的相貌畫在圖畫紙上，與早已乾癟消氣的氣球放在一起，珍而重之地夾在常常會翻開的日記本中。

她也常常記起小男孩對自己笑的模樣，那燦爛的笑容，一直笑到了她的心坎裡。

在危機關頭，浴血奮戰的小男孩，就等同於自己的救世主。

即使再也沒見過救世主，但她卻從來沒有忘記這段寶貴的回憶。

時光飛逝，七夕優花逐漸成長。

得天獨厚的清麗容貌，彷彿由神所雕塑出的完美身材，再加上重新恢復開朗的性格……她重新成為成長階段中，所有社交圈的風雲人物。

即使心病並沒有徹底消失，只能偽裝出笑容，但只要他人認為是真實的……某

種層面來說，那就是真實的笑容。

從小學開始一直都是如此。憑藉少有人及的美貌，加上如嬌豔花朵的笑靨，沒有人能壓過七夕優花的鋒頭。

而為了不再讓舊事重演，七夕優花也一直隱瞞著自身病情。

然而，小學的時候病情還算穩定，忽然失明的症狀，一天大約只會發作七、八次。

可是，到了中學二年級的時候，一天已經到了三十次左右，而且每次被剝奪視力的時間，也來到了二十秒之久。

「又來了……」

至此，七夕優花再次感到了恐懼。

她很害怕。

很害怕幼時的情形重演，很害怕被發覺病情的自己，再次變得孤身一人。

可是，那樣的一天，遲早會到來吧。

而且，七夕優花也很明白。

現在自己用虛假的笑容，所換來的他人笑容……那些笑容越是燦爛，越是向自己迎合討好，當東窗事發的那一刻起，一切也將化為灼燒己身的業火，將內心僅存的渴望，徹底燃燒殆盡。

大概只剩下兩年的時間，自己就會徹底失明。

但越是害怕失去，就越是渴望。

於是，七夕優花像是拚命想要抓住笑容那樣，加入了校園內最知名的辣妹團體，希望藉此尋求更多笑容。

——即使她原先不適合成為辣妹。

——即使那樣違心尋求而來的笑容，更為虛幻縹緲。

但像是快要溺死的人，試圖抓住水裡的浮木那樣，這是當時的七夕優花，唯一能做出的抉擇。

在中學成為辣妹後，如同眾星拱月那樣，在風光華麗的就學生涯中，十六歲的七夕優花，即將升上高一。

這時的她，已經即將失明。

一天大約會有五十次左右被剝奪視力，而且每次陷入黑暗的時間都很長。

或許下一次陷入黑暗時，就會徹底失明。

這樣的七夕優花，每當在清冷的夜裡，回憶起自己過去這許多年，拚了命地在

尋求笑容的過程……很多時候，會感到深深的茫然。

……是啊。

自己已經快要遺忘了，自己是為什麼而追求笑容。

每當這種時候，七夕優花就會拿出已經泛黃的圖畫，望著畫面幼時的救世主，望著對方給予自己的氣球，內心百感交集。

話又說回來，事情到了這個地步，追求真心露出笑容，又有什麼意義呢？

如同鏡中花，水中月……終究，這一切在自己失明的那一刻起，所有自己努力建立起來的成果，都會化為泡影消失無蹤。

光是思及此，七夕優花就會忍不住情緒低落。

人一旦失去多年以來追求的目標，似無頭蒼蠅一樣失去了方向，就會像洩了氣的皮球一樣頹喪，她也不例外。

但是。

但是，在P高中開學典禮的那一天——升學進入P高中的七夕優花，她看見了。

在新生的人群中，她看見了救世主，也就是當初那個小男孩。

雖然往昔的小男孩已經長大了，但那五官與輪廓卻不會變。

是他。

——真的是他!!

對於頹喪到了谷底、平常只能強裝出笑容——甚至對於自身追求笑容的原因都開始懷疑的七夕優花來說，救世主的出現，有如在心中再次打入了一束亮光。

一束來自過去那浴血奮戰的英雄，來自那永遠燦爛的笑容的……亮光。

如果是他的話，肯定可以替自己解開疑惑吧。

自己必須露出笑容的真正原因。

自己在失明之後，究竟該怎麼做，又該何去何從。

昔日那個永遠都露出燦爛笑顏，看似無所不能的救世主，肯定可以再次讓自己依靠——

可是。

可是，在七夕優花向學校裡其他男生打聽救世主的過去時，卻聽見了意料之外的答案。

「……哦，那傢伙啊。他與我中學時是同班的，我從來沒有看他笑過，而且總是臭著一張臉不理會任何人……如果不是他很能打的話，肯定早就被欺負了吧。但就算是這樣，他也一個朋友都沒有……話說優花，不用理會那種傢伙啦，下次要不要跟我們一起出去玩？」

七夕優花不理會對方的搭訕，聽見答案後，失魂落魄地離開了。

「笑吧，如果不笑的話，就不會發生好事。不管什麼時候，笑容都是妳最好的夥伴，是永遠不會背叛妳的存在。」

曾經的救世主，彷彿就算天塌下來也會繼續笑容的那個人……他現在已經不能笑……不會笑了。

七夕優花，不知道對方身上發生了什麼事。

可是，每當他遠望著對方露出冷硬的表情時，內心不知道為什麼，總是會掀起一陣鑽心的疼痛。

「……這是為什麼呢？為什麼每當看到他不能笑的時候，人家總是這麼難受呢？」

又一次夜裡，待在自己的房間中，七夕優花再次拿出了舊時的圖畫和氣球，將其抱在懷中。

然後，她開始想起往事。

想著、想著。

想著……想著……

慢慢的，她忽然流下了連自己都沒有察覺的淚水。

因為，她終於明白了，自己這些年，以虛假的笑容來追求一切，究竟有什麼意義。

「原來如此……

「……人家在這些年來，之所以不斷追求獲得笑容的方法……

「是為了……像當初他以笑容拯救我那時一樣……在失去光明前的最後這幾個月，我將以自身的笑容，返還他已經失去的笑容。」

——我將以自身的笑容，返還他已經失去的笑容。

至此，七夕優花原先枯燥蒼白的人生——在快要失明前的幾個月，終於被寄託於泛黃歲月之中的思念……賦予了真正的意義。

彷彿幼時，救世主將笑容投映進她的內心一樣……七夕優花也想將笑容給予對方，給予自己的救世主。

因此，平常很驕傲的她，對著不斷喊自己黑猩猩的十九凜凜夜低下了頭顱，只為了進入社團內。

因為「他」在那邊。

所以必須前去。

不管付出什麼代價，哪怕用盡自己尚存光明的這幾個月，自己也要回報當初的恩情。

然而，自己即使已經努力了很多年，依然無法露出真正的笑容。

為此，七夕優花感到十分焦急。

因為，她已經快要藏不住病情了，不管是去小型遊樂場等紅燈時，還是水上騎馬打仗的時候，又或是在出雲商圈裡臉撞上招牌的時候，都已經露出了患病的端倪。

大家都很聰明，很快就會察覺的。

在徹底失明的前一刻，自己就必須消失，躲到沒有人認識自己的地方去。哪怕被眾人認為自己心狠，也好過露出軟弱無助的那一面。

所以，必須在時間用盡之前，不惜一切代價，來拯救昔日的救世主。

……快要來不及了。

……已經沒有時間了。

然後，或許是幸運之神終於聽見了七夕優花的祈求——

——在「假扮男朋友」事件中，七夕優花迎來了至今為止，人生最大的轉機。

她又一次，從救世主、也就是名為二藏的男人那邊，得到了救贖。

努力追求真正笑容多年的她，終於跨過了那道艱難的門檻。

她能夠笑了。

能夠露出真正的笑容。

已經取得了，能夠反過來拯救對方的資格。

此時，七夕優花幾乎要滿溢內心的情感，再也難以隱藏。

為了拯救對方，同時……或許也是為了填補自己這許多年以來隱藏的戀心——七夕優花做出了大膽的決定。

她打算告白。

並不是自吹自擂，但七夕優花在這些年來，受過至少三、四百位男性追求——雖然都沒有答應，但這讓她深刻明白自身的魅力所在。

而且，自己肯定、也是喜歡他的。

「如果與我交往的話，二藏、大概會很高興吧。

「雖然，人家已經……只剩下大約三個月的時間，就會失去視力……」

可是，這已經是能把最好的自己、僅存的笑容……給予二藏的最後機會。

所以，告白吧。

如果告白成功的話，才能留下最多的時間給予彼此；自己才能燃盡最後的三個月，讓二藏找回真正的笑容。

告白，交往。

然後，把自己的笑容給他。

然後，把自己的一切都給他。

當自己消失之後，二藏要再追求凜凜夜也好、與不知火在一起也罷，有過與女生交往經驗的他，肯定也會在往後的人生裡，變得順利許多。

一旦人生順利了，自然也就開心了。

開心了，也就能夠露出更多笑容。

……不過，時間已經不夠了。

……下個週末，就在光之海濱公園告白吧。

告白，然後趁自己還看得見的時候，與他進行一場如夢般短暫虛幻的……限期三個月的……

……光明之戀。

《番外篇　光明之戀》完

後記

大家好，我是甜咖啡。

很高興再次與大家見面，當你們買到這本書時，應該正值寒冷的冬季，還請注意保暖。

這邊稍微提一下本集中出現的彩蛋。

百萬千穗理其實是咖啡前作《有病》系列中，某位女主角的妹妹，大家能猜出是誰嗎？

詩音與百萬千穗理的互動，是咖啡覺得相當有趣的部分，所以之後這位魅魔幼女也會繼續活躍於作品之中，希望大家會喜歡。

接著，來談談讀者們最在意的劇情。

本集中終於揭曉暖暖陽的身世。或許有些讀者也早已發現，其實在第一集、第二集中，暖暖陽的病情就已經隱現端倪——正因如此，她試圖追求笑容的步伐，才會如此迫切且焦急。

整個笑容社中，暖暖陽是至今追求笑容最久、付出的心血也是最多的。因此，她其實比任何人都更有希望逃脫「不能笑的監獄」。

然而，即使逃離了這個形式另類的「監獄」，對於暖暖陽來說，也只是另一個開端而已——

因為暖暖陽的心中所想，她此刻的意之所向，已經不單是為了自己而存在。

所以，暖暖陽想要接近二藏。如本集中結尾所展示的——暖暖陽正以看起來有點笨拙，卻始終拚盡全力的方式……在朝著目標不斷奔跑邁進。

不過。

不過，或許有些讀者看到這裡，會為暖暖陽患病而感到憂愁——關於這點，咖啡要請大家放心。

在第二集後記亦提過這點，咖啡當初在寫這部作品時，抱持的就是「要把內心的治癒傳達給大家」這樣的理念。

正因為渴望寫出治癒眾人的作品，咖啡這許多年以來，才會被冠以「治癒系大神官」的稱號。

所以，《笑崩》這部作品後續的劇情，當然是十分治癒且溫暖的，大家可以安心觀看。

至於二藏到底會不會答應暖暖陽的告白，在下一集，也就是《笑崩04》會揭曉。

如果你們看完這部作品有感想的話，也可以到咖啡的FB個人頁，或是粉絲專頁，與咖啡一起分享心得哦。

粉絲團連結：https://www.facebook.com/8523as/

那麼，我們第四集再見。

浮文字

笑容崩壞的女高中生與不能露出破綻的我 3

著　　者／甜咖啡
發 行 人／黃鎮隆
執行編輯／曾鈺淳
企劃宣傳／邱小祐、劉宜蓉
封面插畫／手刀葉、廢棄物少年
副總經理／陳君平
美術編輯／方品舒
文字校對／施亞蒨
副　　理／洪琇菁
國際版權／黃令歡、梁名儀
內文排版／謝青秀

出　　版／城邦文化事業股份有限公司 尖端出版
台北市中山區民生東路二段一四一號十樓
電話：（〇二）二五〇〇—七六〇〇
傳真：（〇二）二五〇〇—二六八三
E-mail：7novels@mail2.spp.com.tw

發　　行／英屬蓋曼群島商家庭傳媒股份有限公司城邦分公司 尖端出版
台北市中山區民生東路二段一四一號十樓
電話：（〇二）二五〇〇—七六〇〇（代表號）
傳真：（〇二）二五〇〇—一九七九

中彰投以北經銷／楨彥有限公司（含宜花東）
電話：（〇二）八九一九—三三六九
傳真：（〇二）八九一四—五五二四

雲嘉經銷／智豐圖書有限公司 嘉義公司
電話：（〇五）二三三—三八五二
傳真：（〇二）二三三—三八六三
客服專線：〇八〇〇—〇二八—〇二八

南部經銷／智豐圖書有限公司 高雄公司
電話：（〇七）三七三—〇〇七九
傳真：（〇七）三七三—〇〇八七

一代匯集／香港九龍旺角塘尾道六十四號龍駒企業大廈十樓B&D室
電話：（八五二）二七八三—八一〇二
傳真：（八五二）二五八二—一五二九
E-mail：hkcite@biznetvigator.com

新馬經銷／城邦（馬新）出版集團Cite（M）Sdn. Bhd.
E-mail：cite@cite.com.my

法律顧問／王子文律師 元禾法律事務所
台北市羅斯福路三段三十七號十五樓

二〇二一年二月一版一刷

■中文版■

郵購注意事項：
1.填妥劃撥單資料：帳號：50003021戶名：英屬蓋曼群島商家庭傳媒(股)公司城邦分公司。2.通信欄內註明訂購書名與冊數。3.劃撥金額低於500元，請加附掛號郵資50元。如劃撥日起 10～14日，仍未收到書時，請洽劃撥組。劃撥專線TEL：(03)312-4212 ・ FAX：(03)322-4621。E-mail：marketing@spp.com.tw

國家圖書館出版品預行編目資料

笑容崩壞的女高中生與不能露出破綻的我 / 甜咖啡作. -- 1版. -- 臺北市：城邦文化事業股份有限公司尖端出版：英屬蓋曼群島商家庭傳媒股份有限公司城邦分公司發行, 2021. 02-
冊； 公分

ISBN 978-957-10-9354-3 (第3冊：平裝)

863.57　　109019991